DAS BUCH DER DÄMONEN

Monster, Geister, Schattenwesen

Die Deutsche Bibliothek – CIP-Einheitsaufnahme
Rosenzweig, Tabea:
Das Buch der Dämonen : Monster, Geister, Schattenwesen /
Tabea Rosenzweig und Sergej Koenig.
– 1. Aufl. – Köln: vgs, 2002
ISBN 3-8025-2900-6

Auflage 2002
© der deutschsprachigen Ausgabe:
Egmont vgs verlagsgesellschaft mbH
Alle Rechte vorbehalten.

Redaktion: Eva Neisser
Produktion: Wolfgang Arntz und Nadin Kreisel
Umschlaggesstaltung: Sens, Köln
Satz: Achim Münster, Overath
Druck: Pustet, Regensburg

Printed in Germany
ISBN 3-8025-2900-6

Bildquellen:
Bildarchiv Preußischer Kulturbesitz:
S. 9, 11, 12, 26, 30, 38, 40, 42, 44, 49, 50, 53, 59, 63, 68, 72, 77, 78, 83, 92, 95,
109, 114, 117, 127, 132, 151, 154

akg-images:
S. 24, 33, 36, 46, 57, 64, 90, 91, 97, 102, 105, 106, 119

Wir haben uns bemüht, alle Copyright-Ansprüche zu berücksichtigen.
Sollte uns dennoch ein Fehler unterlaufen sein,
bitten wir um Entschuldigung und Benachrichtigung.

Besuchen Sie auch unsere Homepage:
www.vgs.de

DAS BUCH
DER DÄMONEN

Monster, Geister, Schattenwesen

Tabea Rosenzweig
und
Sergej Koenig

Für unsere Eltern

Hey now all you sinners
Put your lights on,
put your lights on
Hey now, all you children
Leave your lights on,
you better leave your lights on

Because there's a monster living under my bed
Whispering in my ear
There's an angel with a hand on my head
She says I've got nothing to fear

Santana (feat. Everlast)
»Put your lights on«

Vorwort

Dämonen, Geister und die absonderlichsten Kreaturen sind seit jeher ständige Begleiter der Menschheit. Und mittlerweile vergeht wohl kaum ein Tag, an dem nicht irgendein dämonisches und die Welt in Angst und Schrecken versetzendes Scheusal über unsere Fernsehbildschirme geistert, ganz zu schweigen von den zahllosen Computerscreens in Heim und Büro, den ungezählten Büchern, Comics und Kinoproduktionen.

Doch woher kommen diese Ausgeburten der menschlichen Fantasie? Über welche Wege und Umwege sind sie in unsere Wohn- und Schlafzimmer gelangt? Wessen Gehirnen, wessen Ängsten sind sie entsprungen? Welche Kulturen und Völker haben ihnen vor uns Asyl gewährt und bereits vor ihnen gezittert, als noch nicht einmal das geschriebene Wort existierte?

Mit diesen und ähnlichen Fragen haben sich schon viele *geist*reiche Köpfe befasst, ganze Bibliotheken ließen sich mit den Werken von Schriftstellern und Historikern füllen, die sich dieses Themenkomplexes annahmen. Da wollten wir, die Autoren, natürlich nicht zurückstehen.

Ob – um nur einige Beispiele zu nennen – J.R.R. Tolkiens *Herr der Ringe*, Joanne K. Rowlings *Harry Potter* oder Filmspektakel wie *Die Mumie* (samt »Rückkehr«): Die Schöpfer der heutigen Fantasy- und Horrorwelten haben bei allem Ideenreichtum das Rad nicht neu erfunden, sondern verbeugen sich vielmehr durch Anlage und Entwurf ihrer fabelhaften und oft monströsen Kreaturen vor der Geschichte der Menschheit, vor uralten Mythologien aus aller Welt. Kurz: Auch Schattenwesen und Dämonen sind nicht ohne Tradition und Stammbaum.

Mit besonderem Blick auf die derzeit sehr erfolgreichen TV-Serien *Buffy – Im Bann der Dämonen* und *Angel – Jäger der Finsternis* war es bei vorliegendem Buch unser Anliegen, einige der wichtigsten Ahnen und Urahnen zusammenzutragen, die für so manchen modernen Unhold Pate standen. In der Hoffnung, damit für das eine oder andere Aha-Erlebnis zu sorgen, haben wir uns bemüht, mit der von uns getroffenen Auswahl ein Bestiarium zusammenzustellen, das ebenso informativ wie unterhaltsam Antworten auf einige der oben genannten Fragen gibt. Ein Handbuch somit für all diejenigen, die ganz genau wissen wollen, welchem Monster sie gerade in den zähnestarrenden Rachen blicken – obschon wir empfehlen, zum Schließen etwaiger Bildungslücken einen günstigeren, vielleicht früheren Zeitpunkt zu wählen (jetzt wäre beispielsweise ein guter Moment).

Ebenso ist dies ein guter Moment, all den Leserinnen und Lesern zu danken, die bereits im Vorfeld in zahllosen E-Mails ihr reges Interesse an diesem Projekt bekundet haben. Sie alle namentlich aufzuführen, würde aus diesem Vorwort ein ganzes Buch werden lassen. Daher an dieser Stelle an alle hilfreichen Geister unser Dank: Mögen die Monster mit Euch sein! Eure Beiträge (z. T. ganze »Doktorarbeiten«) waren uns Inspiration und Motivation zugleich, gaben uns wichtige Anregungen und zeugten von einer Resonanz, die uns anspornte und beflügelte. Jetzt seht Ihr, was Ihr davon habt!

Tabea Rosenzweig und Sergej Koenig
Köln, im April 2002

Abaddon

Im Hebräischen ist der Name ein Synonym für Verderben und Zerstörung. Im literarischen Sinne steht er für das Totenreich selbst, in dem die Totengeister namens Refa'im hausen.

Im Neuen Testament wird aus Abaddon ein Engel des Verderbens, ein Höllenfürst, der die aus dem Abgrund aufsteigenden Heuschreckenscharen anführt. In der griechischen Mythologie taucht Abaddon als Apollyon auf.

Abraxas

Diese gnostische Gottheit gilt als die Personifikation des »unsagbaren höchsten Seienden« und als Urgrund von 365 Geistwesen, in denen Abraxas Gestalt annimmt. Ausgestattet mit dem Rumpf und den Armen eines Menschen, mit dem Kopf eines Hahns und mit zwei Schlangen als Beinen, hält Abraxas in seiner Rechten stets einen Schild, in seiner Linken jedoch eine Geißel.

Und hier noch ein wenig Zahlenmystik: Die sieben griechischen Buchstaben* des Wortes Abraxas ergeben zusammen den Wert 365. Dies entspricht bekanntlich der Anzahl der Tage eines Jahres.

Alpha = 1, Beta = 2, Rho = 100, Xi = 60, Sigma = 200

Alp/Alb
→ Drud, → Elb/Elf

Amazone

Die Amazonen, eine Gemeinschaft kriegerischer Frauen, werden in der antiken Mythologie gern als »männermordend« bezeichnet. Tatsächlich galten sie als ausgezeichnete Bogenschützen und Speerkämpfer. Dass sich Amazonen eine Brust entfernt haben sollen, um den Bogen besser spannen zu können, geht wohl auf ein etymologisches Missverständnis zurück, aufgrund dessen man »A-mazones« als »Brustlose« verstand. Nach der Niederlage gegen die Griechen sollen sich die Amazonen ins Skythenland zurückgezogen und das Volk der Sauromaten begründet haben.

Wie es zu dem berühmten Amazonenkrieg kam, schildert Gustav Schwab eindrucksvoll in seinen *Sagen des klassischen Altertums*:

»Theseus war nämlich in jüngeren Jahren auf einem Fehdezug an der Küste der Amazonen gelandet, und diese, die nicht männerscheu waren, flohen so wenig vor dem stattlichen Helden, dass sie ihm vielmehr Gastgeschenke zusandten. Dem Theseus aber gefielen nicht nur die Gaben, sondern auch die schöne Amazone, die deren Überbringerin war. Diese hieß Hippolyte, und der Held lud sie ein, sein Schiff zu besuchen; als sie dieses bestiegen hatte, fuhr er mit seinem schönen Raube davon. Zu Athen angekommen, vermählte er sich mit ihr. Hippolyte war nicht ungerne die Gemahlin eines Helden und eines herrlichen Königs. Aber das streitbare Weibervolk der Amazonen war über jenen frechen Raub entrüstet, und noch als derselbe längst vergessen schien, sannen sie auf Rache, nahmen eine Gelegenheit wahr, wo der Staat der Athener unbewacht schien, und plötzlich eines Tages landeten sie mit einer Schiffeschar, bemächtigten sich des Landes und umzingelten die Stadt, in welche sie im Sturm einbrachen. Ja sie schlugen mitten in derselben ein ordentliches Lager, und die erschrockenen Einwohner hatten sich auf die Burg zurückgezogen. Beide Teile verzögerten darauf aus Scheu den

AMAZONE

Angriff; endlich begann Theseus den Kampf von der Burg herab, nachdem er dem Orakel gemäß dem Gotte des Schreckens ein Opfer gebracht hatte. Anfangs wichen die athenischen Männer dem Andrange der fremden Mannweiber und wurden bis zu dem Tempel der Eumeniden zurückgedrängt. Dann aber erneuerte sich der Kampf von einer andern Seite her; der rechte Flügel der Amazonen wurde bis zu ihrem Lager zurückgetrieben, und viele wurden getötet.

Die Königin Hippolyte soll in dieser Schlacht, ihres Ursprungs uneingedenk, mit ihrem Gemahl gegen die Amazonen gekämpft haben. Ein Wurfspieß traf sie an Theseus' Seite und streckte sie tot darnieder. Ihrem Gedächtnis wurde später eine Säule zu Athen errichtet. Den ganzen Krieg beschloss ein Friedensschluss, dem zufolge die Amazonen Athen verließen und in ihr Vaterland zurückkehrten.«

Antichrist

Der Antichrist als Gegenspieler Gottes gehört zu den wohl eindrucksvollsten Gestalten des Mittelalters. Er wird im jüdischen Buch Daniel erwähnt. Dort kämpft der Schöpfer gegen eine antigöttliche Erscheinung in Gestalt eines Dämons. Es heißt, der Antichrist werde, bevor die Welt untergeht, von einer Hure zu Babylon geboren. Sein Lebensweg ähnelt dem Christi, bis er, nach dem Versuch, den Himmel zu erringen, ins Erdinnere verbannt wird.

Anubis

Der ägyptische Totengott ist der Sohn des Osiris und der Nephthys. Stets wurde er als Mensch mit Schakalkopf (den die Griechen in Unkenntnis für einen Hundekopf hielten) dargestellt. Nachdem → Typhon den toten Osiris zerstückelt hatte, suchte die Erdmutter Isis die Leichenteile mit Hilfe von Anubis zusammen, um sie wieder mit Leben zu versehen. Seither gilt Anubis als Seelenbegleiter der Verstorbenen. Er zählt zu den ältesten ägyptischen Gottheiten; sein Bildnis findet sich schon in den Gräbern der 3. Dynastie.

Der Antichrist in einer seiner zahlreichen Personifizierungen:
Michael Pacher, *Disput mit dem Teufel*, um 1480.

E. Ritter von Steinle, *Die Apokalyptischen Reiter*, um 1870

Apokalyptische Reiter

In der Apokalypse (griech.: Enthüllung) des Apostel Johannes taucht dieses unheilvolle Quartett im 6. Kapitel auf. Die vier Reiter verkörpern dort die Pest, den Krieg, die Hungersnot und den Tod. Es scheint hierbei eine enge Verbindung zu den vier Plagen zu bestehen, wie sie im Alten Testament beim Propheten Hesekiel (5,17) beschrieben werden.

Ariel

In altjüdischer Zeit war Ariel ein Engel. In der mittelalterlichen Dämonologie wurde aus ihm ein Wassergeist und Höllenfürst. Bei Shakespeare und Goethe schließlich wird aus Ariel ein Luftgeist. Ariel ist aber auch die Bezeichnung für Jerusalem und seinen Tempel sowie der Name einer der vier Monde des Uranus (und eines traditionsreichen Waschmittels).

Asen

In unseren Tagen in jedem Kreuzworträtsel vertreten, geht dieses Göttergeschlecht mit Sitz in Asgard nach nordischer Mythologie auf den → Riesen Ymer zurück. Aus dessen Stamm gingen unter anderem die Asen hervor, zu denen auch Odin (Wodan), Thor (Donar), Balder, Zyr (Ziu) und Frigg (Frija) gehören.

In der *Sage vom Anfang der Welt* heißt es:

»Vor allem aber ist Asgard zu nennen, das heilige Land der Asen. Dort wohnen die Götter in zwölf Schlössern, die sie sich erbaut haben. Eine gewaltige Brücke, Bifröst, der Regenbogen, verbindet Erde und Himmel. Nur die Götter können die Brücke überschreiten, die von dem klugen Heimdall bewacht wird. Er trägt ein Horn, Giallar genannt, mit dem er am Tage der Götterdämmerung die Asen zum Kampf rufen wird.

Aus Leib und Blut des gewaltigen Riesen Ymer haben Odin und seine Brüder die Welt erschaffen. Midgard heißt die Erde, wo die Menschen wohnen. Niflheim ist das Reich der Toten. Genau in der Mitte der Welt, in Asgard, bauten sich die Götter, die Asen, ihre eigenen Wohnungen.«

Asmodeus

Asmodeus ist ein Dämon, der in altjüdischen Schriften den Namen Aschmedai, der Verderber, trägt. Er steht für die Untugenden Raserei, Begierde, Verschwendungssucht und Zorn. Manche halten ihn für die Schlange, die Eva verführt hat. Im spätmittelalterlichen *Hexenhammer* wird aus ihm der Dämon der Hurerei, während die Magie ihn immer dann bemüht, wenn es gilt, verborgene Schätze ausfindig zu machen.

Aspis

Die Aspisviper zählt zu den zahlreichen dämonischen Schlangenwesen in der Mythologie und findet schon im Alten Testament Erwähnung. Dort heißt es: »Über Schlange und Basilisk wirst du gehen und junge Löwen und Drachen zertreten.« (Ps. 91,13)

Während nach christlicher Auffassung der → Basilisk den Tod symbolisiert, verkörpert die Aspisviper die Sünde und widersteht erfolgreich jeglicher Heilsbotschaft, um auch weiterhin ihr Gift zu verbreiten. Insofern ist sie auch der Inbegriff der Verstocktheit.

Kleopatra selbst soll sich durch den Biss einer Aspisviper getötet haben, und die Zoologie kennt die Aspisviper als lebendgebärende Schlange, deren Biss für den Menschen gefährlicher ist als der einer Kreuzotter.

Aufhocker

Ein im deutschen Volksglauben meist als → Kobold beschriebener Druckgeist, der Wanderern des Nachts an bestimmten, oft als unheimlich geltenden Orten (Kreuzwege, Bäche, Brücken, Hohlwege, Friedhöfe u.ä.) auf die Schultern springt und ihnen mit seinem stetig wachsenden Gewicht das Vorankommen erschwert – im schlimmsten Fall bis zum völligen Zusammenbruch des Opfers. Der Aufhocker, auch Huckup oder Hockauf genannt, ist mit roher Gewalt nicht abzuschütteln. Der hereinbrechende Tag, das Geläut von Kirchenglocken, lautes Hundegebell, bis zum Hals durch tiefes Gewässer waten oder ein aufrichtig gesprochenes Gebet sollen angeblich Abhilfe verschaffen.

Gleichwohl folgt einer solchen Heimsuchung fast immer lange während Krankheit, nicht selten mit tödlichem Ausgang. Der Sage nach soll der Aufhocker manchenorts besonders Diebe und Wegelagerer anfallen, von denen er – so wird behauptet – erst wieder abläst, wenn sie ihr Diebesgut dem rechtmäßigen Eigentümer zurückerstattet haben.

Nicht in allen Volkslegenden sind dergleichen Plagegeister von koboldartiger Gestalt. Sie tauchen verschiedentlich als Bären, ja sogar als Kühe auf, können → Hexen, → Werwölfe, → Wiedergänger, Würgedämonen oder einfach nur gespenstische Erscheinungen sein. Die Liste potenzieller Aufhocker ist ebenso lang wie Besorgnis erregend – und ein Aufhocker springt selten vorbei.

Azazel

Im jüdischen Buch Henoch gilt Azazel als Anführer der von Jahwe abgefallenen Mala'ak (Himmelsboten), der von → Erzengel Raphael gebunden und in die Finsternis geworfen wurde.

Vor allem aber ist dieser jüdische Wüstendämon der praktisch erste »Sündenbock« der Geschichte; und so wird er auch oft gehörnt oder gleich als Ziegenbock dargestellt.

Im 3. Buch Mose (16,8) ist dann auch nachzulesen, dass am großen Versöhnungstag (Jom Kippur) ein Ziegenbock zu Azazel hinaus in die Wüste getrieben wurde, nachdem der Hohepriester durch Handauflegen alle Sünden des Volkes symbolisch auf das Tier übertragen hatte.

Anonymus, *Baal*, 1863

Baal

Baal war die höchste Gottheit der Syrer und galt als König des Himmels, aber auch als Herr über die Stadt. Sein Symboltier war der Stier. Der als ungehörig geltende Baalskult war den altüdischen Propheten ein Dorn im Auge, und so hat folglich auch die Bibel nicht viel Gutes über ihn zu berichten. Insofern ist es nicht verwunderlich, dass Baal im Mittelalter zum Herrn der Hölle avancierte und fortan als einer der verderbtesten Dämonenfürsten galt. → Belial, → Beelzebub.

Baba Jaga

Die Baba Jaga ist eine Menschen fressende → Hexe aus der ostslawischen Mythologie. Vermutlich liegt dieser Gestalt eine altheidnische Göttin zu Grunde, die zur Zeit der Christianisierung Osteuropas wie so viele Ur-Gottheiten dämonisiert und damit zum dort allseits bekannten Kinderschreck wurde.

Bahamut

In der arabischen Sagenwelt ist Bahamut ein Fisch, der so groß sein soll, dass alle Ozeane dieser Welt in einem seiner Nasenlöcher Platz haben. In der Geschichtensammlung *1001 Nacht* ist Jesus so überwältigt von Bahamuts Anblick, dass er für drei Tage das Bewusstsein verliert. Das mächtige Geschöpf scheint somit eher ein Synonym für das grenzenlose göttliche Universum zu sein und hat nichts gemein mit den Ungeheuern, die in den Tiefen der Weltmeere hilflosen Seeleuten auflauern.

Banshee

Die Banshees (gäl.: bean-si) stammen aus Irland und gelten als Todesbotinnen. Mit stets verweinten Augen und lautem Wehgeschrei sollen sie das nahende Ende eines Menschen ankündigen. Áine ist die Anführerin dieser Todesfeen, und sie ist es auch, welche die Verstorbenen auf ihrem Weg in die Unterwelt begleitet.

Eliphas Lévi, *Baphomet*, 19. Jahrhundert

Baphomet

Der Ursprung dieser Gestalt liegt im Dunkeln. Angeblich soll »das Haupt des Baphomet« von den Tempelrittern als Götzenbild angebetet worden sein – so behaupteten es zumindest die Gegner dieses geheimnisumwitterten Ordens, deren Anhängern sie deshalb auch Anfang des 14. Jh. den Prozess machten.

Der so vom Klerus verteufelte Baphomet wird infolgedessen häufig als ziegenköpfiger Bursche mit diabolischem Antlitz dargestellt. Eine eindrucksvolle Zeichnung von Baphomet als Verkörperung einer dualistischen Weltordnung stammt vom französischen Okkultisten Eliphas Lévi (1816-1875).

Basilisk

Der Basilisk (griech.: basiliskos = kleiner König) ist seit der Antike in verschiedenen Gestalten überliefert: als gelbe Schlange, als Mischwesen aus Schlange, Hahn und Kröte oder als geflügelter → Drache mit Hahnenkopf. Es heißt, ein Basilisk wird geboren, wenn das Ei eines schwarzen Hahnes von einer Schlange, Kröte oder durch die

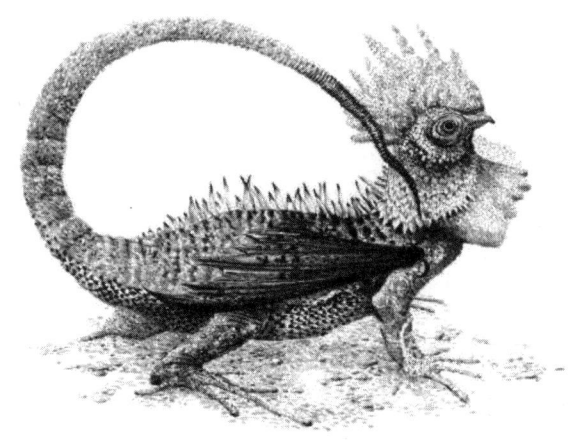

Wärme eines Misthaufens ausgebrütet wird. Der Basilisk ist hochgiftig, und der spätmittelalterliche *Hexenhammer* weiß zu berichten, dass allein sein Blick die Luft verpeste. Da er vorzugsweise in tiefen Brunnen haust, gilt er zudem als Wasservergifter. Dabei, so heißt es, muss man nur einen Hahn im Hause halten, um sich vor diesem Ungeheuer zu schützen, denn dieser ist neben dem Wiesel der natürliche Feind des Basilisken. Andere Quellen empfehlen, dem Basilisken einfach einen Spiegel vorzuhalten, schon zerplatze er angesichts seines schrecklichen Anblicks.

Beelzebub

Beelzebub (eigentl.: Ba'al-Zebul) war ursprünglich der Schutzgott der Philister von Ekron, der auch als Orakel sehr geschätzt wurde. In der Bibel (Matth. 12,24) wird Beelzebub als »Herr der Fliegen« erwähnt, weshalb seine ursprüngliche Funktion, nämlich vor Krankheit und Verfall zu schützen, so mit den Jahren ins Gegenteil verkehrt wurde. Die Wandlung vom Schutzgott zum Verderber geht wahrscheinlich auf die Tatsache zurück, dass es sich bei »Beelzebub« um den Schimpfnamen handelt, den die Juden dem ihnen so verhassten Heidengott → Baal verliehen haben sollen. So machten ihn altjüdische Texte zum Herrn des Dunghaufens, wobei das Wort »zabal« (düngen) aber auch den Götzendienst bezeichnet.

Im Neuen Testament avancierte Beelzebub daher zum Fürst der Dämonen, zum Boss der Satans-Heerscharen sozusagen, dem es ganz und gar nicht passte, dass in seinem Namen Besessene kuriert wurden. Die Pharisäer hatten Jesus beschuldigt, Dämonen mit dem Beelzebub auszutreiben; daher wohl auch das Sprichwort: »den Teufel mit dem Beelzebub austreiben«.

Belfagor

Ehemals eine Gottheit der Moabiter, gilt Belfagor als Dämon der Entdeckungen und der Erfindungen und nimmt häufig die Gestalt einer jungen Frau an. Im Mittelalter transformierte er in einen

Teufel, der sich auf Erden verheiratet, dann aber in die Hölle zurück-kehrt, weil er diese den Qualen des Ehelebens vorzieht.

Belial

Ursprünglich ein hebräischer Dämonenname, taucht diese Gestalt in den Texten der Qumran-Sekte, im Alten Testament und auch im Korintherbrief auf, wo ihm die Rolle von Christus' Gegenspieler zuteil wird. Im Mittelalter wird aus Belial ein juristisch versierter Dämonenfürst, dem nach zähen Verhandlungen mit Gott die Herr-schaft über die Hölle und die darin schmorenden Verdammten zugestanden wird. Es heißt auch, Belial leite sich vom heidnischen Gott → Baal ab, auf den Juden und Christen ja bekanntlich nicht gut zu sprechen waren.

Bigfoot

Geschichten um den »wilden Mann der Wälder« reichen weit zurück in die Überlieferungen der verschiedensten Völker. Die Indianer des nordamerikanischen Kontinents nannten den menschenscheuen Gesellen Sasquatch. Die pragmatischen Amerikaner gaben ihm angesichts einiger im Waldboden gesichteter riesiger Fußabdrücke kurzerhand den Namen »Bigfoot«. Ähnlich wie beim Ungeheuer von Loch Ness existieren auch von Bigfoot bis heute lediglich unscharfe Fotos und verwackelte Filmaufnahmen.

Geschichten über den zotteligen Schneemenschen kursieren aber auch im asiatischen Raum, so in China, Sibirien und bei den Völkern des Himalaya, wo man ihn als → Yeti kennt.

Blemmyae

Blemmyae (auch: Acephales) bevölkern als Relikte altertümlicher Dichtung noch die Weltkarten des frühen letzten Jahrtausends. Die Angehörigen dieses sagenhaften Wundervolks scheinen eher einem billigen Science-Fiction-Film als den Regionen in und um Äthiopien und Indien zu entstammen, wo sie mittelalterlichen Enzyklopädien und Verzeichnissen zufolge anzusiedeln waren. Schon Plinius der Ältere kannte diese gedrungenen und skurrilen Erdenbewohner, die im wahrsten Sinne des Wortes völlig kopflos waren, da Augen, Nase und Mund sich im Brustkorb befanden, ob aus Gründen der Platzersparnis oder dem Wunsch des Schöpfers entsprungen, mal etwas ganz anderes auszuprobieren, mag dahingestellt bleiben. Durchsetzen konnte sich das Modell jedenfalls nicht.

Brownies

Brownies sind kleine → Hausgeister, die ihren Namen der braunen Kluft verdanken, die sie tragen. Die schottische Mythologie beschreibt sie als gutmütige, hilfsbereite Gesellen, die angenehm dadurch auffallen, dass sie den Menschen bei der Hausarbeit zur

Hand gehen. Eine Verwandschaft zu den dienstbaren Heinzelmännchen hier zu Lande ist erkennbar. Als Dank akzeptieren sie ausschließlich eine Schüssel Milch, jede andere Belohnung würde sie für immer vertreiben. Bei aller Großzügigkeit sind Brownies sehr sensibel und schnell beleidigt. Hat man sie erst einmal verärgert, rächen sie sich erbittert an dem Menschen, der sie gekränkt hat.

Peter Conolly, *Letzte der zwölf Taten des Herkules* (Herkules wird von Charon in seinem Boot über den Styx zum Eingang der Unterwelt gebracht, wo er den Höllenhund Zerberus fangen soll), 20. Jahrhundert

Charon

Für die Überfahrt ins Jenseits war nach altgriechischer Vorstellung der Fährmann Charon zuständig, der die Verstorbenen in seinem Boot über die Unterwelt-Flüsse Acheron, Styx und Kokytos setzte. Hierzu mussten die Toten mit einem Goldstück unter der Zunge, dem Obolus, bestattet werden, um die Passage auch bezahlen zu können. Charon war es nicht erlaubt, Lebende mit ins Totenreich zu nehmen, was die Protagonisten der diversen antiken Heldenmythen jedoch nicht davon abhielt, es dennoch zu versuchen.

Charybdis

Wie schon im Fall der → Skylla war für die Seeleute der Antike auch mit Charybdis, der Tochter von → Gaia und Poseidon, nicht zu spaßen.

Wo sich ihre Kollegin indes noch mit je sechs Besatzungsmitgliedern begnügte, riss die schreckliche Charybdis gleich ganze Schiffe in den Abgrund. Dreimal täglich soll sie sich das sie umgebende Meer und alles, was darauf gerade unterwegs war, einverleibt und wieder ausgespien haben.

Dass jemand, der ein übergroßes Risiko eingeht, sich zwischen Skylla und Charybdis bewege, war mithin im Altertum stehende Rede.

Cherubim

Nach der jüdischen Überlieferung sind die geflügelten Cherubim (hebr.: karubu = Beter, Fürbitter) himmlische Geistwesen des Jahwe-Elohim, deren Erscheinen die Gegenwart des unsichtbaren Gottes anzeigt und die als Teil der Mala'ak (Boten) zu seinem Hofstaat gehören. Seit dem Sündenfall bewacht ein schwerttragender Cherub den Weg zum Baum des Lebens im Garten Eden, andere hüten die Bundeslade in der Stiftshütte und im Tempel. Nach Jehezk'el (Ezechiel) besitzen die Cherubim vier Gesichter zu jeder Seite des Kopfes (Mensch, Löwe, Stier und Adler) und tragen den Thronwagen des Herrn.

Im Christentum verkörpern die Cherubim die vier → Engel, die Gottes Thron umgeben und stellen nach den → Seraphim die zweithöchste Engelsklasse unter den neun Chören dar. Die zuvor erwähnten »vier Gesichter« der Cherubim wurden zu den Abzeichen der Evangelisten Matthäus (Engel mit menschlichem Antlitz), Marcus (Löwe), Lucas (Stier) und Johannes (Adler).

Chimäre

Die Chimaira oder Chimäre ist eine Enkelin der → Gaia (sowie eine Schwester von → Hydra, → Zerberus und → Sphinx) und wird zumeist als Mischwesen aus Löwe, Ziege und Schlange oder Drache dargestellt. Zum ersten Mal wird sie im sechsten Gesang von Homers Ilias erwähnt. In Vergils Äneis entströmt ihrem Schlund Feuer, und sie legt das Königreich Lykien in Schutt und Asche. Mit Hilfe des fliegenden Rosses → Pegasus besiegte Bellerophon das

Ungeheuer schließlich in einem dramatischen Luftkampf. Heute steht der Begriff Chimäre für Trugbild oder Hirngespinst.

Chumbaba

Chumbaba (Humbaba, Huwawa) ist ein gewaltiger Naturdämon aus dem sumerischen *Gilgamesh-Epos* (um 1900 v. Chr.), der als Hüter des heiligen Zedernhaines gilt. Legendär ist der Kampf des Königs von Uruk und seines Freundes Eniku gegen Chumbaba, der »brüllt wie der Sturm und dessen feuriger Atem todbringend ist«. Heute wird angenommen, dass Chumbaba als Personifizierung eines aktiven Vulkans oder einer anderen Naturkatastrophe aufzufassen ist.

Cthulhu

»Das ist nicht tot, was ewig liegt, auf dass die Zeit den Tod besiegt.«

Als der amerikanische Autor Howard Phillips Lovecraft (1890-1937) seine Erzählung *The Call of Cthulhu* (1926) verfasste, erschuf er mit dem Titelmonster nicht nur das im wahrsten Sinne des Wortes unaussprechliche Grauen, sondern er begründete einen wahren Mythos. Die Abbildung zeigt eine Cthulhu-Skizze von Lovecraft selbst.

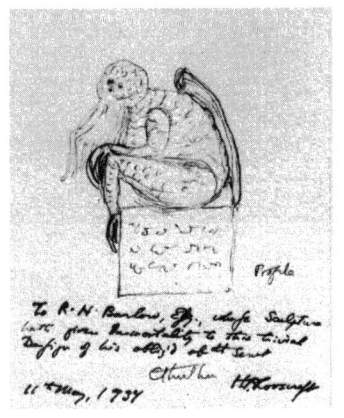

In Lovecrafts pseudo-dokumentarisch gehaltenen Geschichten ist die Menschheit nicht nur Spielball Furcht erregender, uralter Wesen, nein, wer die schreckliche Wahrheit zu ergründen sucht, läuft Gefahr, dem Wahnsinn anheim zu fallen. Nur wenige Informationen kursieren über die so genannten »Elder Beings«, die vor 50 Millionen Jahren das Universum beherrschten, darunter ein immer wieder erwähntes Buch namens »Necronomicon«, geschrieben von dem verrückten Araber Abdul Alhazred.

Der Cthulhu-Mythos besagt, dass einige dieser äußerst mächtigen Wesen immer noch auf verschiedenen Planeten in den Weiten des Weltalls existieren und danach trachten, die einst verlorene Macht wiederzugewinnen. Andere befinden sich noch auf Erden bzw. in einem Paralleluniversum in einer Art Winterschlaf, etwa im ewigen Eis der Antarktis. Es heißt auch, dass die Cthulhuiden einst eine Stadt namens R'lyeh auf einer Pazifik-Insel erbauten, die jedoch durch ein Erdbeben versank. Dabei starben alle Cthulhuiden mit Ausnahme eines einzelnen Wesens, das fortan in der versunkenen Stadt eingeschlossen liegt.

Vor dem Hintergrund dieses Szenarios versuchen nun die Protagonisten in Lovecrafts Erzählungen die Rückkehr der blasphemischen Kreaturen zu verhindern, die mit Hilfe eines Geheimkultes genau dieses zu erreichen trachten.

Die eindrucksvolle Beschreibung eines Cthulhu-Gemäldes findet sich in *The Call of Cthulhu*:

»Wenn ich sage, dass meine irgendwie überspannte Vorstellungskraft gleichzeitig Bilder eines Tintenfisches, eines Drachen und der Karikatur eines Menschen lieferte, werde ich, glaube ich, dem Geist der Sache entfernt gerecht. Ein fleischiger, mit Fangarmen versehener Kopf saß auf einem grotesken, schuppigen Körper mit rudimentären Schwingen; aber es war die Anlage des Ganzen, die es so fürchterlich erschreckend machte.«

Cynocephalen

Die Cynocephalen (Kynokephalen) sind ein Fabelvolk der Antike, mit Menschenleibern und Hundeköpfen ausgestattet. Wie zahlreiche andere ominöse Völker lebten sie nicht ganz ohne Grund irgendwo in den Randgebieten der alten Welt und dienten vorzugsweise der phantasievollen Ausgestaltung von Dichtungen und Reiseberichten. Besonders in mittelalterlichen Bestiarien und Wundervölkerverzeichnissen erfreuten sich die Cynocephalen großer Popularität.

Daywalker

Der Daywalker ist ein → Vampir der besonderen Art, denn im Gegensatz zu Dracula & Co. leidet er nicht an einer Sonnenlichtunverträglichkeit, kann also auch am Tage seiner Beschäftigung nachgehen. Zudem heißt es, dass er auch mit Knoblauch und Silber kein Problem habe. Über Herkunft und Gesinnung des Daywalkers herrschen unterschiedliche Meinungen, mal ist er ein reinrassiger Vertreter seiner Zunft, mal eine Kreuzung aus Mensch und Blutsauger; mal ist er genauso skrupellos wie seine lichtscheuen Verwandten, dann wieder kämpft er gegen eben diese auf der guten Seite.

Auch Hollywood hat sich des Themas angenommen. Im 1998 entstandenen Film *Blade* kämpft der gleichnamige Held gegen seine blutsaugenden Verwandten. Blade ist ein Daywalker, ein Mittelding aus Vampir und Mensch, und besitzt somit die Stärke des Vampirs, aber leider auch dessen Blutdurst, den er mit einem Serum in Grenzen hält. Dabei ist sein erbittertster Gegner der junge Deacon – ein »Vampir zweiter Klasse«, da er durch Biss und nicht durch Geburt zum Blutsauger wurde.

Doppelgänger

Nach alter Überlieferung ist der Doppelgänger das Schatten-Selbst eines jeden Menschen. Gemäß dieser Vorstellung kann nur der

Besitzer des Doppelgängers ebendiesen sehen; für alle anderen, mit Ausnahme von Tieren, ist er unsichtbar. Es heißt, dass der Doppelgänger Unglück oder gar den Tod bringt, wenn er entdeckt wird. In manchen Gegenden glauben die Menschen, dass ein frisch Verstorbener seinen Doppelgänger aussendet, auf dass dieser ihm nahestehende Menschen über seinen Tod unterrichte.

In der Psychoanalyse steht der Doppelgänger oft für den verdrängten Teil des eigenen Ichs, während die Physik das Für und Wider eines Paralleluniversums diskutiert, in dem das exakte Abbild unserer Welt inklusive aller Lebewesen in Form von Antimaterie existieren könnte.

Drache

Das wohl bekannteste aller Fabeltiere wird im Allgemeinen als Mischwesen aus Schlange, Echse, Vogel und manchmal auch Löwe

beschrieben. Während der Drache im Sagengut europäischer Völker Furcht und Schrecken verbreitet, gilt er im asiatischen Raum als Glück bringendes, weises und verehrungswürdiges Wesen.

Schon zu Beowulfs Zeiten nagte nach altnordischem Glauben ein Drache namens Nidhogg an den Wurzeln des Baumes Yggdrasil, der vom Himmel bis in die Tiefen der Hölle reichte. Sein einziges Ziel war es, die Schöpfungsordnung zu zerstören und Chaos zu stiften.

So heißt es dazu in der Sage *Vom Anfang der Welt*: »Nicht immer wird Yggdrasil grünen, denn Nidhogg, der Drache, nagt an ihren Wurzeln, und einst wird der Tag kommen, da die Weltesche welken muss. Dann bricht Ragnarök, der Tag der Götterdämmerung, über Asgard herein; der Fenriswolf reißt sich von seinen Fesseln los, die Midgardschlange erhebt sich aus dem Meer, und die Riesen kommen, Götter und Helden sammeln sich zum letzten Kampf. Dann werden Asgard und Midgard vergehen, und alles Leben erlischt.«

Das Wort »Drache« fand um das 8. Jh. Eingang in die deutsche Sprache. Es wurde aus dem griechischen »drákon« entlehnt, was abgeleitet so viel wie »der starr Blickende« bedeutet. Wie in der Antike, so wurde auch in frühchristlicher Zeit die Schlange (lat.: serpens) bzw. der → Lindwurm oft mit dem Drachen (lat.: draco) gleichgesetzt.

Erst im frühen Mittelalter entwickelt sich das uns bekannte Bild des Drachens als Verkörperung des Widergöttlichen, des Teufels und dämonischer Mächte.

Die Herkunft des Furcht erregenden, geflügelten, geschuppten und Feuer speienden Untiers aus dem Hahnenei ist wohl vom antiken → Basilisken entlehnt. Sieben oder neun Jahre muss der vorzugsweise schwarze Hahn alt sein, der ein solches Drachenei legt.

Der mittelalterliche Märchendrache hauste vorzugsweise in einer Höhle, einer Schlucht, im Innern eines Berges und gelegentlich auch in einem See. Durchschnittlich maßen diese lästigen Riesenechsen etwa sechs Meter, manche Exemplare brachten es gar auf eine Länge von siebzig Metern. Es gab Drachen mit sieben oder mehr Köpfen. Ihr Blut galt als giftig, wurde aber zusammen mit anderen Drachenkörperteilen in der Medizin oder für Magie verwendet. Fast allen Drachen war ein gigantischer Mundgeruch gemeinsam, ein Pesthauch aus Schwefel, Feuer, Blut und verwesendem Fleisch.

Nicht selten mussten den Drachen regelmäßig Menschenopfer (meist Jungfrauen) dargebracht werden. Gelegentlich gingen sie auch selbst auf die Jagd nach geeigneten Kandidatinnen. Des Weiteren ist vielen Heldendichtungen gemein, dass der Tyrann nur von einem besonders tapferen Drachentöter erlegt werden kann, dem zum Lohn entweder die holde Maid selbst oder die vom Drachen bewachten Schätze zufielen. Aus dieser Zeit stammen auch die vielen bis heute erhaltenen Ortbezeichnungen wie Drachenhöhle, Drachenfels, Drachenwand etc. Im Volksglauben überlebte der Drache als Stollenwurm oder → Tatzelwurm bis in unsere Tage.

Eine sehr frühe Schilderung eines Drachenkampfes findet sich in der Offenbarung Johannis. Hier ficht der Erzengel Michael gegen das rote, siebenköpfige Untier, die »alte Schlange, die da heißt Teufel und Satan, der die ganze Welt verführt«. Doch auch der Heilige Georg, Dietrich von Bern und Siegfried schlugen sich tapfer gegen ihre gigantischen, Feuer speienden Widersacher.

Dracula

→ Vampir

Drud

Die Drud, auch Nachtmahr oder Alb genannt, ist ein weiblicher Druckgeist, der schwer auf der Brust des Schläfers hockt, ihm Albträume bereitet und im schlimmsten Fall den Lebensodem raubt. Als Schutz vor einer solchen Heimsuchung wird empfohlen, einen Drudenfuß (Pentagramm) an Türrahmen, Fenster oder Bett anzubringen. Auch das Drudenmesser, in dessen Klinge neun

Johann Heinrich Füssli, *Der Nachtmahr*, 1781

Halbmonde und Kreuze eingraviert sein müssen, soll schützen, da sich die Drud an ihm schneiden wird. Siehe auch → Incubus und → Succubus.

Dschinn (Djinn)

In der Märchensammlung *1001 Nacht* taucht der Dschinn als listiger Lampen- oder Flaschengeist von wenig einnehmendem Äußeren auf. Tatsächlich waren die Dschinnen aus vorislamischer Zeit von Gott gesandte Boten, die zwischen Himmel und Erde vermittelten – die Engel des Juden- und Christentums lassen grüßen. Erst zu späteren Zeiten wurden die Dschinnen und ihre Kolleginnen, die → Ghule, dämonisiert, weil die Mehrzahl von ihnen durch → Iblis und seine Teufel verführt wurde. Andere konnten – Allah sei Dank – bekehrt werden und traten zum Islam über.

Nach der Überlieferung waren die Dschinnen zauberbegabten Zeitgenossen zu Diensten, so auch dem jüdischen König Salomo. Unartige Exemplare wurden in Messingflaschen gesperrt, die der König mit einem Davidstern-Siegel verschloss. Der berühmte Geist aus der Flasche in *1001 Nacht* ist einer von ihnen, die bezaubernde Jeannie aus der gleichnamigen amerikanischen TV-Komödie wohl eher nicht...

Echidna

Ein monströses und äußerst gefräßiges Mischwesen der griechischen Mythologie, oberhalb der Gürtellinie betörend schöne Frau, von der Taille an abwärts indes weitaus weniger sexy, es sei denn, man steht auf bunt gefleckte Riesenschlangen. Gehaust hat Echidna der Sage nach in einer Höhle, aus der sie bisweilen hervorgeschossen kam, wenn es galt, sich den einen oder anderen Passanten einzuverleiben.

Echidna ist die Tochter der → Gaia und des → Tartaros (oder des Phorkys und der Ketos, beides Abkömmlinge Gaias und des Meergottes Pontos, der ebenso wie Tartaros selbst ein Sohn Gaias war), außerdem Schwester und zugleich Gemahlin des → Typhon. Aus der offenbar alter Göttertradition folgenden inzestuösen Verbindung zwischen Echidna und Typhon gingen nicht minder verstörende Gestalten des mythologischen Monsterparks hervor wie beispielsweise → Chimäre, → Hydra, → Sphinx und → Zerberus.

Einhorn

Um dieses fabelhafte, scheue Tier ranken sich viele Legenden. Seit der mittelalterlichen Minnedichtung besitzt das wilde, gelegentlich bösartige Einhorn in unseren Breiten den Körper eines Pferdes und trägt ein spitzes, gewundenes Horn an der Stirn, dem wundersame Fähigkeiten zugesprochen wurden, doch dazu später mehr.

Das Mittelalter kennt diverse Methoden, ein Einhorn zu erlegen. Es heißt, dass man es fangen kann, indem man eine Jungfrau in den Wald schickt, deren Reinheit das Tier anlockt, sodass es seinen Kopf in ihren Schoß legt und damit ein leichtes Ziel für die Jäger darstellt. Im Märchen vom *Tapferen Schneiderlein* baut sich der Titelheld kurzerhand vor einem Baum auf, lockt das wilde Tier an und springt im letzten Moment zur Seite, sodass sich das Horn der armen Kreatur in den Stamm bohrt.

Je nach Volk und Kulturkreis variiert die Beschreibung des sagenhaften Geschöpfs. Mal ähnelt es einem Pferd, mal einem Esel oder einer Ziege und dann wieder dem Rhinozeros oder der Antilope. Doch stets stand das kostbare Horn im Mittelpunkt des Interesses. Ihm wurden Wunderkräfte zugesprochen. Berichte darüber reichen bis zurück in die Antike. So beschreibt bereits der Leibarzt der Königin Parysatis (um 398) einen indischen weißen Esel, der an der Stirn ein mehrfarbiges Horn von eineinhalb Ellen trage, das pulverisiert eine hervorragende Medizin gegen Gift, Epilepsie und Magenbeschwerden abgebe.

Im Mittelalter wog man das Horn mit Gold auf, denn es sollte gegen Fieber, Tollwut, Würmer, Krämpfe und vieles mehr helfen. Zumeist handelte es sich bei dem begehrten Rohstoff jedoch um den Stoßzahn des Narwals, und man weiß, dass dieses eindrucksvolle Seefahrer-Mitbringsel die staunenden Menschen zu vielen fantasievollen Einhorn-Geschichten inspiriert hat. Oft mussten für das kostbare Pülverchen aber auch Nashörner und diverse Antilopenarten ihr Leben lassen, oder man verarbeitete fossile Mammutzähne, welche den Gutgläubigen lange Zeit als echte Einhornhörner präsentiert wurden.

Elb/Elf

In der skandinavischen *Snorra-Edda* wird zwischen Licht- und Dunkelelfen unterschieden. Die Lichtelfen wohnen in Alfheim, die Dunkelelfen oder Dunkelzwerge hausen in der Erde oder in Höhlen. Einige Experten nehmen an, dass die Ur-Elfen der nordischen Mythologie ursprünglich die im Luftreich fortlebenden Seelen der Verstorbenen darstellten, also Totengeister waren wie etwa die keltische → Banshee.

In der nordischen Folklore sind die Elfen (skand.: alfr) hauptsächlich Naturgeister, auch bekannt als das »Ellefolk«, die dem Tanz und der Musik zugetan sind. Ihr Chef ist der Elfenkönig, der im Skandinavischen »ellerkonge« heißt, was Herder fälschlich mit → Erlkönig übersetzte (und Goethe für seine gleichnamige Ballade übernahm).

Bis zum 13. Jh. ist das Wort Elf oder Elb in deutschen Texten praktisch nicht existent, danach wird es synonym auch für → Zwerg und
Alb verwendet. So sind im deutschen Sagengut Elfen, wie wir sie aus
dem nordischen Sagenkreis kennen, nicht heimisch, und Grimms
Irische Elfenmärchen sind lediglich eine Übernahme der englischen

Fairy Legends. Ab dem 18. Jh. rücken die Elfen hier zu Lande mehr und mehr in die Nähe lieblicher Blumengeister oder romantisierter Naturdämonen wie etwa die → Feen.

In J.R.R. Tolkiens *Herr der Ringe* und vielen auf diesem Universum basierenden Fantasy-Stories wurde aus den Elfen (engl. Pl.: elves) ein anmutiger, stolzer Volksstamm, der u.a. hervorragende Bogenschützen hervorbrachte. Tolkiens Elben (so ihre Bezeichnung in der deutschsprachigen Übersetzung) leben ewig, beneiden die Menschen jedoch um ihre Sterblichkeit. Für dieses noble Volk sind sämtliche Dinge und Lebewesen nicht einfach nur existent und zweckmäßig, sondern Begleiter oder Freunde. Was ihnen wichtig erscheint, wird mit Namen angeredet; so sollen die Bäume von ihnen das Sprechen erlernt haben. Besondere Verehrung kommt den Sternen zuteil; in ihrem Licht erblickten die Elben einst die Welt. Allerdings sind Tolkiens Elben auch ein recht eitles und manchmal ziemlich arrogantes Volk, das der Vergangenheit nachtrauert und dem Fortschritt eher argwöhnisch begegnet. Musik, Poesie, Kunst und Wissenschaft – all dies bedeutet ihnen mehr als Macht und Besitz. Die Elben bzw. Elfen in der Fantasy leben oft im Krieg mit den → Orks und → Trollen und sind auch auf → Zwerge nicht besonders gut zu sprechen.

Elementargeister

Mittelalterliche Zuordnung der Geistwesen zu den vier Elementen nach Paracelsus (1566).

Hier werden die → Gnome und → Feen der Erde, die Sylphen der Luft, die Undinen dem Wasser und die Salamander dem Feuer zugeordnet. Diese halbwissenschaftliche Systematik, wonach die Elemenargeister dem Chaos entstammen, hat indes laut Leander Petzold »in den Volksglauben kaum Eingang gefunden.« Auf Paracelsus geht auch die Ansicht zurück, »dass die Elementargeister mit den Menschen die Ehe eingehen wollen, weil sie auf diese Weise an dem Bündnis Gottes mit seinen Geschöpfen teilhaben und eine

Seele erhalten. Daher verlangt der Nix nach irdischen Frauen, und die Saligen wie auch die Melusinen nach irdischen Männern.«

Engel

Schon seit dem frühen Judentum kennt man Engel (griech.: ange-los), die als Vermittler zwischen Gott und den Menschen auftreten. Engel sind Teil der himmlischen Hierarchie, an deren Spitze die → Erzengel stehen. Alte jüdische Schriften und auch die Bibel

beschreiben unzählige Engelarten, darunter die hochrangigen
→ Cherubim, die im Tempel wachen, und → Seraphim, die sechs
Flügel besitzen und den Thron Gottes umgeben. Der heilige Gregor
von Nazianz sagte: »Verglichen mit dem Menschen ist die Natur der
Engel geistig, im Vergleich zu Gott aber körperlich.«

Im Orient wie Okzident glaubt man an die Existenz von Schutz-
engeln, die den Sterblichen diskret vor Schaden bewahren sollen.
Während der → Teufel in seinen verschiedenen Erscheinungsformen die Funktion hat, die Menschen zu versuchen, kämpfen die
himmlischen Heerscharen an der Seite der Lebenden in der nie
enden wollenden Schlacht gegen das Böse.

Doch auch die Geschöpfe des Himmels sind nicht immer strah-
lend und gut. Gefallene Engel, prominentester Vertreter ist → Luzifer, werden laut dem Volksglauben zu Dämonen, die nach ihrem
Sturz das Böse in die Welt tragen. Die Verwandschaft zwischen
Licht- und Schattenwesen erweist sich damit einmal mehr als
äußerst eng.

Erinnyen

Was den Römern ihre → Furien, waren den Griechen ihre Erinnyen
(Erinýes): furchtbare Rachegeister und bei den Menschen des Altertums zuständig für die sittliche Ordnung von höchster Stelle aus.

Von → Gaia aus dem Blutstropfen erschaffen, der bei der Ent-
mannung des Uranus auf die Erde fiel, standen die Erinnyen für die
personifizierte Vergeltung und waren immer dann zur Stelle, wenn
es galt, Unrecht zu sühnen. Mit Fackel und Geißel verfolgten sie auf
ehernen Füßen Mörder und Meineidige und trieben diese durch
ihren Furcht erregenden Anblick in den Wahnsinn. Gelegentlich
werden sie mit schlangenbedeckten Häuptern dargestellt, ein Hair-
styling, das sie mit der Gorgo → Medusa gemein haben.

Offensichtlich waren Alekto, Teisiphone und Magaira Geschöpfe
des → Hades, also der Unterwelt, denn wer immer sie um Hilfe rief,
schlug mit den Händen auf den Boden, um sie zu alarmieren.

41

Erlkönig.

Wer reitet so spät durch Nacht und Wind?
Es ist der Vater mit seinem Kind;
Er hat den Knaben wohl in dem Arm,
Er faßt ihn sicher, er hält ihn warm.

Mein Sohn, was birgst du so bang dein Gesicht?
Siehst Vater, du den Erlkönig nicht?
Den Erlenkönig mit Kron' und Schweif?
Mein Sohn, es ist ein Nebelstreif.

„Du liebes Kind, komm, geh mit mir!
„Gar schöne Spiele spiel ich mit dir;
„Manch' bunte Blumen sind an dem Strand,
„Meine Mutter hat manch' gülden Gewand."

Mein Vater, mein Vater, und hörest du nicht,
Was Erlenkönig mir leise verspricht?
Sey ruhig, bleibe ruhig, mein Kind;
In dürren Blättern säuselt der Wind.

„Willst, feiner Knabe, mit mir gehn?
„Meine Töchter sollen dich warten schön;
„Meine Töchter führen den nächtlichen Reihn,
„Und wiegen und tanzen und singen dich ein."

Mein Vater, mein Vater, und siehst du nicht dort
Erlkönigs Töchter am düstern Ort?
Mein Sohn, mein Sohn ich seh' es genau;
Es scheinen die alten Weiden so grau.

„Ich liebe dich, mich reizt deine schöne Gestalt,
„Und bist du nicht willig, so brauch ich Gewalt.
Mein Vater, mein Vater, jetzt faßt er mich an!
Erlkönig hat mir ein Leids gethan!

Dem Vater grauset's, er reitet geschwind,
Er hält in Armen das ächzende Kind,
Erreicht den Hof mit Müh und Noth;
In seinen Armen das Kind war todt.

Erlkönig

Für sein 1779 erschienenes Werk *Erlkönigs Tochter* übersetzte J. G. Herder die dänische Volksballade vom *Herrn Oluf.* Dieser trifft bei einem Waldritt die Tochter des Elfenkönigs (dän.: ellerkonge), die mit ihm tanzen will. Da Herr Oluf aber am nächsten Tag Hochzeit machen will, weigert er sich. Die verschmähte Elfe schlägt ihm daraufhin an die Brust, sodass der wackere Mann stirbt, als er sein Haus erreicht. So weit die Vorlage.

Herder übersetzte nun das Wort »ellerkonge« fälschlicherweise mit »Erlkönig«. Goethe übernahm diese Bezeichnung 1782 für seine gleichnamige Ballade aus dem Singspiel *Die Fischerin.* Darin geriet der Titelheld zu einem grausamen Naturdämon, der Vater und Sohn bei ihrem Heimritt »spät durch Nacht und Wind« auflauert und dem schönen Knaben schließlich den Tod bringt. Goethes Schauermärchen indes wurde so populär, dass der unheimliche Erlkönig mit den Jahren zu einem nicht mehr wegzudenkenden Schreckgespenst des deutschsprachigen Volksglaubens wurde.

Erzengel

Grundsätzlich geht von den obersten Gottesboten in der himmlischen Hierarchie nichts Furcht Erregendes oder Bedrohliches aus. Die edlen Erzengel gelten sowohl im Orient als auch im Okzident als des Schöpfers rechte Hand und befehligen ganze Engels-Heerscharen.

Bei näherer Betrachtung indes sind die bekanntesten christlichen Erzengel Michael, Gabriel, Raphael und Uriel (Nariel/Phanuel) überaus machtvolle Wesen, die für die Geschicke der Welt große Bedeutung hatten und haben.

Michael (hebr.: Wer ist wie Gott?) ist der Kämpfer unter den Erzengeln, derjenige, der → Luzifer stürzte und der Adam und Eva mit dem Schwert aus dem Paradies vertrieb. Er hat den Lebensbaum bewacht und Seth einen Zweig vom Baum der Erkenntnis gereicht. In der Johannes-Offenbarung erweckt Michael beim Jüngsten

Gericht mit seiner Posaune die Toten aus ihren Gräbern und erlegt in einem endzeitlichen Kampf den → Drachen zu seinen Füßen.

Gabriel (hebr.: Mann Gottes) wird oft auch als weibliches Wesen dargestellt. In diesem Fall ist sie der Engel der Verkündigung, der Auferstehung und der Gnade. Im Alten Testament richtet Gabriel den zu Boden gestürzten Daniel auf und prophezeit ihm die Ankunft des Messias. In der Volksüberlieferung holt Gabriel die protestierenden Seelen aus dem Paradies, die er während der neunmonatigen Schwangerschaft erzieht.

Raphael (hebr.: Gott heilt) gilt als Regent des zweiten Himmels, als Schutzengel für den Baum des Lebens im Paradies und als einer der sieben Engel um Gottes Thron. Es heißt auch, er habe Noah die Anleitung zum Bau der Arche gegeben. Im Buch Henoch ist er einer der vier Nothelfer und für die Krankheiten der Menschen zuständig. Im Mittelalter avancierte Raphael zum Inbegriff des Schutzengels, dargestellt mit den sechs Flügeln der Seraphen; er gehört aber gleichzeitig auch den Cherubim an und gilt als der fröhlichste in der Engelschar. Sein sonniges Gemüt soll darauf zurückgehen, dass er als Regent der Sonne gilt.

Uriel (hebr.: Licht Gottes) bestraft die Ungerechtigkeit der Menschen und ist der Vorsteher der Hölle. Oft wird er als der Engel angesehen, der nach dem Sündenfall den Zugang ins Paradies bewacht. Im Unterschied zu den anderen drei Erzengeln taucht Uriel in der Bibel nicht auf und wird daher von der Kirche nicht anerkannt.

Faun(us)

Diesem Gott der Fruchtbarkeit, der Wälder und Fluren zu Ehren veranstalteten die Römer am 15. Februar das Lupercalienfest. Von den Geißelungen, denen sich die Priester des Faunus an diesem Tag

unterzogen, erhofften sich die Frauen Kindersegen und die Männer eine glückliche Hand bei Ackerbau und Viehzucht.

Der tierhaft-dämonische Faunus wurde in Wesen und Erscheinungsbild dem griechischen → Pan gleichgesetzt. Mit seinem weiblichen Gegenstück Fauna soll er die Faunen gezeugt haben, die fortan ebenso wie ihre griechischen Vettern brünstig durch die Wälder zogen. Von der sprichwörtlichen Lüsternheit des Faunus und seiner Nachkommen ist das Adjektiv »faunisch« für besonders triebhafte Zeitgenossen abgeleitet worden.

Fauna indes lebt als wissenschaftlicher Sammelbegriff für die Tierwelt weiter.

Fee

Die Fee (lat.: fatua; engl.: fairy) ist ein weiblicher, zumeist gutwilliger Natur- bzw. → Elementargeist der keltischen Mythologie, der vorzugsweise an Quellen, im Walde oder im Erdinnern haust. Oft greifen Feen, die die Fähigkeit besitzen, sich unsichtbar zu machen, in das menschliche Schicksal ein und sagen zum Beispiel Neugeborenen die Zukunft voraus. Wie auch die → Elfe, ist die Fee nicht Teil der germanischen Sagenüberlieferungen.

Erst in der mittelhochdeutschen höfischen Dichtung liest man von Feen, so über die schöne Morgana von Avalon aus der keltischen Artus-Legende oder die traurige Melusine, die Ahnherrin des Hauses Lusignan. Das Wort selbst wurde im 18. Jh. aus dem frz. »fée« entlehnt, das wiederum aus dem lat. »fatua« (Wahrsagerin) bzw. »fatum« (Schicksal) entstand. Die Römer indes sollen ihre Feen von den → Nymphen des antiken Griechenland übernommen haben, denen eine besonders innige Beziehung zum männlichen Geschlecht nachgesagt wird.

Zu literarischem Weltruhm gelangten Shakespeares Feenkönig Oberon und seine Gattin Titania in *Ein Sommernachtstraum*, die jedoch mit den das gute Prinzip verkörpernden Erdgeistern nur noch wenig zu tun haben.

Fenriswolf

Der Fenriswolf (Fenrir) zählt zu den gefährlichsten und wohl bissig-sten Dämonen der germanischen Mythologie. Er ist der Sohn von → Loki und der Riesin Angrboda, mithin also Bruder der → Mid-gardschlange und der Totengöttin → Hel. Von den → Asen aufge-zogen und gehätschelt, wurde der wölfische Vierbeiner bald zu groß und zu kräftig, um noch als Haustier durchzugehen. Die Asen beschlossen daher, ihn mit einem eigens zu diesem Zweck gefertig-ten Strick zu fesseln, was ihnen schließlich auch gelang, jedoch nicht ohne Opfer vonstatten ging: Die Hand des Kriegsgottes Tyr steckte anschließend abgebissen im Rachen des Untiers. Jedenfalls war der böse Wolf vorerst gebändigt, zumindest bis zur Zeit der Götterdämmerung (Ragnarök). Dann allerdings befreit er sich, ver-schlingt nach einem fürchterlichen Zweikampf niemand Geringeren als Odin selbst und macht bald darauf seine eigene Todeserfahrung durch die Hand Vidars, des Göttervaters rächendem Sohn.

Fliegende Holländer, der

Es war im Jahre 1641, als das Schiff des holländischen Kapitäns Henrik Vanderdecken von Ostindien kommend am Kap der Guten Hoffnung eintraf. Als ein fürchterlicher Sturm aufkam, mochte Van-derdecken weder umkehren noch besseres Wetter abwarten, son-dern bestand fluchend darauf, lieber bis zum Jüngsten Tag unter-wegs sein zu wollen, als die Segel einzuholen.

Sein Wunsch wurde ihm erfüllt: Vanderdecken und sein Un-glücksschiff trafen nie in Amsterdam ein, und es heißt, er und seine Geistermannschaft durchkreuzen seither die sieben Weltmeere, um jedes Schiff, dass ihnen begegnet, ins Verderben zu stürzen.

Viel Seemannsgarn ist seitdem um den Windjammer und seine untote Besatzung gesponnen worden; zahlreiche »Sichtungen« sind mehr oder weniger glaubwürdig dokumentiert – und bis ins letzte Jahrhundert gab es kaum eine ungeklärte Schiffskatastrophe, die nicht dem Fliegenden Holländer in die Schuhe geschoben wurde.

Motive aus der Legende um den Fliegenden Holländer finden sich auch in Kunst und Literatur, darunter in Heinrich Heines Erzählung *Reisebilder aus Norderney*, in der gleichnamigen Oper von Richard Wagner, in Frederick Marryats *The Phantom Ship* oder in *Die Geschichte von dem Gespensterschiff* von Wilhelm Hauff.

Formwandler
→ Gestaltwandler

Furien
Bei den Furien oder Furiae (von lat.: furere = rasen, wüten) handelt es sich um dämonische Wesen des italischen Volksglaubens, die früh den griechischen Rachegöttinnen → Erinnyen gleichgesetzt wurden.

Gaia

Gaia (Gäa, Ge, Gea) ist in der griechischen Mythologie die Ahnherrin aller Götter, zugleich die Mutter Erde selbst, aus der jedwedes Leben erwächst. Sie ist das ewige Prinzip von Entstehung und Werden, geboren aus dem Chaos, jenes formlosen und finsteren Urzustands, der vor Anbeginn des Kosmos und des geordneten Seins den Weltenraum erfüllte.

Himmel, Gebirge und Meere gingen aus Gaia hervor, sie war es, die Uranos, Pontos und → Tartaros nach quasi unbefleckter Empfängnis das Leben schenkte. Uranos, der Himmelsgott, zeugte mit ihr die → Zyklopen, → Titanen und → Hekatoncheiren; aus dem Blut noch des später Entmannten (eine Tat, die der Titan Kronos auf Veranlassung seiner Mutter besorgte) ließ Gaia die → Giganten und die → Erynnien erstehen. Gemeinsam mit dem Meergott Pontos bereicherte sie die Welt u.a. um Nereus, Phorkys und Ketos, die allesamt mehr oder weniger in die Fußstapfen des Vaters traten und seinem Element die Treue hielten (Letztere allerdings mehr als Ungeheuer denn als Gottheit). Und aus den Lenden des Tartaros empfing Gaia, wohl da sie gerade einmal dabei war, aus Söhnen Väter zu machen, und weil ihre anderen zwei Hauptstammhalter bereits genug Scherereien hatten, → Echidna und → Typhon, jedes auf seine Weise einigermaßen missraten.

Aus der Verbindung zwischen Gaias Sohn Kronos und dessen Titanenschwester Rheia ging neben anderen auch ein recht umtriebiger und ebenfalls auf maximale Verbreitung seiner Gene bedachter Spross hervor, der gemeinhin als Göttervater Zeus bekannt wurde. Zwischen ihm und seiner Großmutter kam es zu nicht geringen Spannungen, als diese in einem Kampf gegen ihn die Titanen unterstützte, mit wenig Erfolg, am Rande bemerkt. Dessen ungeachtet verneigten sich die Häupter des Olymp auch weiterhin in Ehrfurcht vor der Allmutter der Welt, wohl wissend, dass ohne sie überhaupt nichts ging.

Gespenst

Gespenst ist der Sammelbegriff für viele Geistwesen in zumeist menschlicher Gestalt, die weder mythischer Herkunft noch Inkarnationen des Teufels sind und im Allgemeinen zur mitternächtlichen »Geisterstunde« ihren großen Auftritt haben.

Zumeist handelt es sich um die Seelen ruheloser Toter, die, wie die → Wiedergänger, im Diesseits herumgeistern müssen, um die Menschen zum Beispiel auf ein ungesühntes Verbrechen aufmerksam zu machen oder für eigene Untaten zu büßen und mit Hilfe der Lebenden Erlösung zu finden.

Nach antiker Vorstellung waren Gespenster die Seelen der Verstorbenen, die nicht in den → Hades gelangen konnten oder wollten und somit – sehr zum Verdruss der Angehörigen – an ihrem Heimatort oder bei ihrer Grabstätte herumspukten.

Gestaltwandler

Kurz gesagt versteht man unter einem Gestaltwandler ein körperliches Wesen, das eine weitere oder mehrere Erscheinungsformen annehmen kann.

Streng genommen sind somit → Vampir, → Wiedergänger oder → Werwolf Gestaltwandler, da diese Kreaturen nach der Metamorphose wieder ihr ursprüngliches Aussehen annehmen. Im weitesten Sinne trifft dies aber auch zum Beispiel auf den → Kelpie zu, der mal eine menschliche, mal eine pferdeähnliche Form annehmen kann.

Gestaltwandler sind aber auch die Schamanen der Naturvölker, die ihren Körper verlassen und die Gestalt von Totem-Tieren annehmen können.

In der Science Fiction wird die Fähigkeit zum Form- oder Gestaltwandeln zumeist den Außerirdirschen zugesprochen, so dem DS9-Sicherheitschef Odo in *Star Trek*, oder der Söldnerin Zam Wesell in *Star Wars – Episode II*, um zwei populäre Vertreter zu nennen.

In unseren Tagen ist der »Gestaltwandel« leider nicht umkehrbar. In der Humanmedizin wird der Begriff hauptsächlich für die typischen Veränderungen eines Menschen beim Übergang vom Kleinkind zum Jugendlichen und schließlich zum Erwachsenen verwendet. Als Metamorphose bezeichnet die Zoologie im Allgemeinen die stufenweise Entwicklung vieler Tiere vom Ei über das Stadium selbständiger Larven zum geschlechtsreifen Organismus.

Ghul

Im alten Orient bezeichnete man als Ghul ein dämonisches Wesen aus der Ordnung der → Dschinnen, die mit besonders großen magischen Fähigkeiten ausgestattet gewesen sein sollten.

Ras al Ghul (Kopf des Ghul) lautete in der islamischen Welt der Name eines tyrannischen jemenitischen Königs, der einen Götzen namens Faresh anbetete und seinen Vater ermordete. Es heißt, der

Prophet Mohammed ließ den frevelhaften Herrscher durch seinen Schwiegersohn Ali töten.

Die neuzeitliche Horror-Industrie hat aus den Ghulen Ekel erregende Leichenfresser gemacht, die sich auf Friedhöfen an den mehr oder weniger gut erhaltenen Überresten der Verstorbenen gütlich tun. Fast immer zeigen die Ghule hier ebenso deutliche Zeichen des Verfalls wie ihre Opfer – man ist offensichtlich doch, was man isst. Zudem verfügen sie zwar zumeist über außerordentliche Kräfte, zeichnen sich im Allgemeinen aber nicht durch übermäßige Intelligenz aus.

Giganten

Ein wildes und vergleichsweise ungehobeltes Riesengeschlecht (→ Riese) der griechischen Mythologie. Sie wurden von → Gaia aus dem Blut des durch Kronos entmannten Uranos erschaffen. Die Giganten hatten abscheuliche Gesichter, langes Haar und mächtige Bärte. Anstelle von Füßen mussten sie unschöne Drachenschwänze ihr Eigen nennen und waren, anders als die → Titanen, mitnichten unsterblich. Zudem besaßen sie die Angewohnheit, mit Felsbrocken und entwurzelten Bäumen um sich zu werfen – ein Benehmen, dass nicht gerade Freunde schafft. Angestachelt von ihrer Mutter Gaia, versuchten sie den Olymp zu stürmen und lieferten sich mit Zeus und den anderen Göttern eine entsetzliche grauenvolle Schlacht (Gigantomachie). Doch die Olympier, auf deren Seite auch der unerschrockene Herakles stritt, schlugen sich wacker und fegten die Giganten vom Platz.

Gnom

Diesen zumeist gutmütigen → Elementargeistern wird nachgesagt, dass sie eine Vorliebe für unterirdische Behausungen und das Anhäufen von Schätzen besitzen. Etwas, das sie mit den → Zwergen gemein haben, zumal auch die Gnomen als kleinwüchsig gelten. Der Name geht wohl auf das griechische Wort »genomoi« (Erdbewohner) zurück. Die weiblichen Vertreter dieser Spezies werden oft als sehr attraktiv, die männlichen als ausgesprochen hässlich beschrieben.

Goblin

Sammelbegriff für boshafte und Schaden stiftende Kobolde aus dem angelsächsischen Raum, die äußerlich mit den → Zwergen verwandt zu sein scheinen.

Hobgoblins waren ursprünglich freundliche, hilfsbereite Geister, die im puritanischen England jedoch dämonisiert wurden, da Geistern in dieser Zeit nun einmal nichts Positives anhaften durfte. Insofern verbittet sich Shakespeares Puck in *Ein Sommernachtstraum* auch die Bezeichnung Hobgoblin, da sie ihn in ein falsches Licht rücken könnte.

Golem

Der Golem entstammt der jüdischen Mythologie und ist ein aus Erde geformtes seelen- und geschlechtsloses Wesen. Nach talmudischer Überlieferung ging Adam als Golem aus Gottes Hand hervor. Sodann hauchte der Schöpfer der geistlosen Materie Leben ein und schuf aus ihr Mann und Frau. Man könnte also behaupten, daß die Erschaffung des Golems eine Metapher für die Schöpfung der Welt und des Menschen durch Gott ist.

In späteren Zeiten soll der Golem für kabbalistische Gelehrte als eine Art stummer Lehm-Zombie die Rolle eines Dieners übernommen haben, der niedere Arbeiten verrichten musste. Es heißt, ein solcher Golem muss geformt und dann mittels Buchstabenmystik

Filmszene aus: *Der Golem, wie er in die Welt kam* von Paul Wegener (Szene mit Ernst Deutsch und Paul Wegener), 1920

und einer Art Oblate, die ihm unter die Zunge gelegt wird, »belebt« werden. Um den Golem wieder zu töten, muss man die Oblate entfernen und den ersten Buchstaben des Wortes Emeth (Wahrheit) löschen. Es wird somit zu Meth (Tod).

Der wohl bekannteste Golem soll 1580 vom Prager Rabbi Jehuda Loew geschaffen worden sein, um die Juden vor der Vertreibung zu schützen. Die sicherlich populärste literarische Fassung des Stoffs ist der Roman *Der Golem* (1915) von Gustav Meyrink; die berühmteste Kinofassung zum Thema ist der bis heute faszinierende Stummfilm *Der Golem, wie er in die Welt kam* (1920) von Paul Wegener.

Gorgonen

Ohne Zweifel, den drei Töchtern des Phorkys und der Keto eilte ein ziemlich mieser Ruf voraus, denn wer immer sie erblickte, erstarrte zu Stein. Kein Wunder, denn Stheno, Euryale und → Medusa waren alles andere als attraktiv zu nennen mit ihren abstoßenden Fratzen und den sich eklig windenden Schlangenhaaren. Allein Medusa war sterblich, sodass der wackere Perseus zu einer List griff, als diese ihm an den Kragen wollte: Er hielt ihr einfach seinen blank polierten Schild vor die Nase, sodass die Gorgone angesichts ihres eigenen schrecklichen Anblicks versteinerte. Nun konnte Perseus ihr in aller Ruhe den Kopf abschlagen, zumal der Held sich vor der Rache der Schwestern mit einer Tarnkappe schützte.

Das zu späteren Zeiten an Tempeln und Gräbern angebrachte Gorgonenhaupt diente wohl zur Abwehr böser Mächte.

Greif

Diesem sagenhaften geflügelten Fabeltier, das auf einem Löwenkörper einen Raubvogelkopf trägt, werden ähnliche Kräfte wie dem Vogel → Rock nachgesagt: Klugheit, Macht und Stärke. Der Adlerkopf symbolisiert die Herrschaft über den Himmel, der Löwenleib die Macht über die Erde.

Der Greif ist ursprünglich ein altes vorderasiatisches Motiv und fungierte dort als Grab- und Totenwächter. Er galt als Hüter des heiligen Feuers und des Lebensbaums. Der Name ist vermutlich vom hebr. »Kerub« abgeleitet, das verwandt ist mit dem griech. »grýps« (lat.: gryphus).

Das Mittelalter übernahm Greif und Rock aus den orientalischen Überlieferungen in seine zahlreichen Bestiarien.

Im schweizer Märchen *Der Vogel Greif* überlistet der einfältige Hans das Geschöpf, das mit Christen nicht redet und sie kurzerhand frisst, und gelangt mit dessen unfreiwilliger Hilfe zu Geld und einem ganzen Königreich samt Prinzessin.

Das stolze Mischwesen ist ein bis heute tradiertes Wappentier.

Grendel

Bereits im 6. Jh. entstand die Vorlage zum altenglischen Stabreim-
epos um den tapferen Beowulf. Eine der Episoden schildert den dramatischen Kampf des Gautenfürsten gegen einen → Riesen mit
Namen Grendel:

Mit schöner Regelmäßigkeit überfiel Grendel den Hof des däni-
schen Königs Rudigar (Hrothgar) und tötete dabei stets dreißig seiner Männer. Das war insofern lästig, als dass der Unhold nicht nur
die Bewohner der Burg arg dezimierte, sondern zudem mit Waffen
nicht zu besiegen war. Eines Tages kam der junge Beowulf an Rudigars Hof und schwor, dem Grendel den Garaus zu machen.

Gesagt, getan: Der Riese ließ nicht lange auf sich warten, und
während des darauf folgenden Gemetzels riss der pfiffige Recke dem
Grendel kurzerhand einen Arm samt Achsel heraus. Sodann folgte

man der Blutspur des schwer Verletzten, die sich durch die Heide bis an den Rand des unheimlichen Moores zog, und wähnte das Monster besiegt, weil verblutet.

Überglücklich gab König Rudigar zu Ehren des Helden ein rauschendes Fest und beschenkte Beowulf und seine Männer großzügig. Doch sie hatten die Rechnung ohne Grendels Mutter, die schreckliche Moorhexe, gemacht. Außer sich vor Wut stieg die rachsüchtige Alte des Nachts aus dem Sumpf und folgte der blutigen Todesspur ihres Sohnes bis hinein in die Hirschburg. Kurz entschlossen packte sie den erstbesten der Schlafenden und entkam mit ihrer Beute, noch ehe die müden Krieger zu ihren Schwertern greifen konnten. Höhnisch hallte das Gelächter der Vettel durch die Nacht, als sie sich wieder davonmachte.

Sogleich nahmen Beowulf und seine Mannen die Verfolgung auf und ritten zum Grendelmoor, dessen unheilvolles Glucksen und Brausen schon aus der Ferne zu hören war. Die Pferde zitterten und scheuten vor Furcht, je näher die Gruppe dem unheimlichen Ort kam. Auch Beowulfs Gefährten trat der Angstschweiß auf die Stirn, als sie ihren Helden wappneten. Beherzt sprang der Recke schließlich in voller Rüstung in die Tiefe.

Auf dem Grund des Moores wurde Beowulf wie erwartet von Grendels tobender Mutter in Empfang genommen, doch so oft er auch sein Schwert Rausching auf sie niedersausen ließ, ein Zauber schützte sie vor jeder Verwundung. Stattdessen packte die Hexe den Helden mit ihren Eisenkrallen, schleppte ihn in eine Halle und rang ihn mit übermenschlicher Kraft zu Boden. Allein sein starker Harnisch schützte Beowulf vor dem Schlimmsten. Da gewahrte er an der Wand des Gewölbes ein Schwert des Riesengeschlechts, eine Waffe aus grauer Vorzeit. Und tatsächlich gelang es ihm, die magische Klinge zu packen und mit ihr die Moorfrau vom Leben zum Tode zu befördern. Und wo er schon einmal hier war, schlug er auch gleich noch Grendels Leichnam, der dort herumlag, den Kopf ab.

Viele Stunden hatten die Waffengefährten auf Beowulfs Rückkehr gewartet, und der Jubel war groß, als ein Strudel ihn plötzlich aus dem brodelnden Schaum emporhob. Zum Beweis für seinen Sieg präsentierte der Held den Schwertgriff der Riesen-Waffe sowie Grendels blutiges Haupt.

Und so schied Beowulf reich beschenkt von Rudigars Hof, und der greise König, dem der Abschied schwer fiel, vergoss dankbare Tränen, als er den Helden ziehen ließ.

Gymnosophisten

Die Gymnosophisten (auch: Oxydraken), die »nackten Weisen«, waren eines der zahlreichen absonderlichen Völker des Altertums. Nach Plinius dem Älteren standen diese in Indien beheimateten Philosophen den lieben langen Tag abwechselnd auf dem linken oder dem rechten Fuß im glühend heißen Sand und starrten unverwandt die Sonne an. Auch Alexander der Große soll ihnen begegnet sein und sich über die Schlangen, die sie um den Hals trugen – kaum geeignet, ihre Blöße zu bedecken –, gewundert haben. Als sagenhaftes Kuriosum sind sie in zahlreichen mittelalterlichen Enzyklopädien zu finden.

Vermutlich haben die Reisenden der Antike indes nichts anderes beobachtet, als fleißige Fakire bei der Arbeit, wie sie auch heute noch auf dem Subkontinent anzutreffen sind.

Hades

Hades ist der Bruder des Zeus und des Poseidon, dem bei der Teilung der Welt das nach ihm benannte Totenreich zufiel. Seine Gemahlin Persephone hat er kurzerhand in sein vom äußerst humorlosen Höllenhund → Zerberus bewachtes Domizil entführt. Auch die Toten haben im Hades nichts zu lachen, denn sie fristen, sobald sie einmal aus der Lethesquelle des Vergessens getrunken haben, ein empfindungsloses Dasein in Agonie. Auf schwere Sünder warteten harte Strafen im → Tartaros, und so mancher wurde von den unerbittlichen → Erinnyen für seine Vergehen gefoltert. Nur wenige Unbescholtene gelangten ins paradiesische Elysion. Über all dies hatten die Totenrichter Minos, Rhadamanthys und Aiakos zu entscheiden.

Hades' Image als Herr über die düstere, trostlose Unterwelt verbesserte sich erheblich, als er in späteren Zeiten mit dem römischen Pluto gleichgesetzt wurde.

Harpyien

Nach Hesiod sind Aello und Okypete, die Töchter des Thaumas und der Electra, gelockte Schönheiten. Bei Homer sind die Harpyen schnelle Sturmgöttinen, bei Apollonios Rhodios hingegen bösartige, geflügelte Dämonen, die in der Argonautensage dem thrakischen König Phineus das Essen stahlen und dessen Nahrungsvorräte mit stinkendem Auswurf besudelten. Erst den Söhnen des Nordwinds, Boreas, Kalais und Zetes, gelang es schließlich, die beiden »Hunde des Zeus« zu vertreiben.

Harpyien werden zumeist als Mischwesen mit Frauenkopf und Vogelleib dargestellt. Manche Mythenforscher deuten sie als Verkörperungen einer altkretischen Todesgöttin, die für vernichtende Wirbelstürme und Schaden stiftende Raubvögel stehen soll. Etruskische Grabmalereien stellen die Harpyen auch als Totenbegleiterinnen dar. Es scheint bei ihnen offensichtlich eine Verwandtschaft zu den → Furien oder → Erinnyen zu bestehen.

Hausgeist

Die wohl bekannteste Art von Hausgeistern stellen die ebenso umtriebigen wie in Haus und Hof meist ausgesprochen hilfreichen → Kobolde dar. Sie sind in aller Regel diskret, anspruchslos und fleißig. Auch von den Heinzelmännchen, die ebenfalls der Kategorie der Hausgeister zuzurechnen sind, haben hier zu Lande wohl schon die meisten gehört.

Zu nennen sind außerdem die schottischen → Brownies. Im weitesten Sinne zählen auch der → Klabautermann, vereinzelte Exemplare des frühmittelalterlichen → Orks und der mitunter eher lästige → Schrat zu den kleinen, possierlichen, manchmal mehr, manchmal weniger nützlichen Dämonen des Alltags. Für alle gilt jedoch die Grundregel: Besser nicht ärgern. Hausgeister können, wenn man sie verstimmt, zu wirklichen Nervensägen werden; das kriminelle Potential, das in ihnen schlummert, ist enorm. Doch in aller Regel sind sie friedlich, jedenfalls solange sie täglich ihre Schüssel Milch bekommen (Katzenbesitzer sollten also die Augen offen halten). Platz benötigen Hausgeister kaum, meist machen sie es sich im Keller, im Stall oder irgendwo in einer stillen Ecke des Wohnbereichs gemütlich.

Schon die alten Römer lebten im häuslichen Frieden mit ähnlich hilfreichen Geistern, in diesem Fall denen ihrer Ahnen (Manen, Laren, Penaten), denen man ihr postmortales Gnadenbrot in Form von Speiseopfern gewährte. Sie sollen ihre Teller übrigens nicht immer geleert haben.

Halten Sie Ihren Hausgeist unbedingt kurz, und lassen Sie sich auf gar keinen Fall dazu hinreißen, ihm irgendeine außerplanmäßige Aufmerksamkeit, z. B. ein gut gemeintes Geschenk, zukommen zu lassen. Dergleichen Aufdringlichkeiten werfen die sensiblen Geschöpfe emotional meist völlig aus der Bahn, und aus unerfindlichen Gründen – wahrscheinlich ist verletzter Stolz oder Berufsethos mit im Spiel – machen sie sich auf und davon, und Sie haben das Nachsehen.

Hekatoncheiren

Drei Furcht erregende → Riesen der griechischen Mythologie namens Briareos, Gyes und Kottos, ein jeder von ihnen ausgestattet mit fünfzig Köpfen und hundert Armen. Sie sind Söhne der → Gaia und des Uranos und Geschwister der → Titanen und → Zyklopen. Gemeinsam mit Letzteren verbrachten sie wiederholt zweifellos höchst unerfreuliche Zeiten im Hochsicherheitstrakt der Unterwelt, dem → Tartaros, in den erst ihr Vater und später ihr Titanenbruder Kronos sie verbannten. Zeus indes befreite sie schließlich endgültig aus der misslichen Lage und bezwang mit ihrer und der Zyklopen Hilfe die Titanen.

Hel

In der nordgermanischen Mythologie der Name einer Göttin der Unterwelt sowie des Reiches, über das sie herrscht. Die Totenreiche der alten Germanen waren straff durchorganisiert und lassen beinahe an neuzeitliche Behörden denken: Hel war ausschließlich für Menschen zuständig, die Altersschwäche oder Krankheit dahingerafft hatten, Götter genossen allerdings Sonderrechte. Ertrunkene und Kriegsopfer wurden an andere Abteilungen verwiesen. Hel selbst vereinte in sich neun Welten, was es für Neuankömmlinge nicht eben leichter machte. Dass sich aus Hel später das christliche Wort Hölle ableitete, hat mit diesem schikanösen Verwaltungsapparat jedoch vermutlich nichts zu tun.

Die Göttin Hel als Personifikation dieses Totenreiches ist Tochter des → Loki und der Riesin Angrboda sowie Schwester der → Midgardschlange und des → Fenriswolfs. In die Unterwelt gelangte sie quasi via Zwangsversetzung durch Amtsvorsteher Odin.

Hexe

»Zunächst bemühen sie sich, die Elemente zu veranlassen bestimmte ›mixta‹ oder vermischte Dinge zu erzeugen. Dann unterstehen sie sich, das Meer zu bewegen und den Wind, Donner, Blitz, Hagel, Schnee, Reif und dergleichen. Weiters unterwinden sie sich, ihren eigenen Körper und andere leibliche Dinge von einem Ort zum anderen zu transportieren. Dann sagt man, dass sie auf Hunden, Ziegen, geschmiedeten Gabeln, Besen, Stöcken und anderem in die Keller der Reichen reiten oder fahren, um diesen den besten Wein auszusaufen – oder aber auf den Heuberg und zu anderen Treffpunkten, wo sie miteinander bankettieren, schlampampen, zechen und tanzen. [...] Dann unterstehen sich diese heillosen Leute, bei Mensch und Vieh Gesundheit und Krankheit zu beeinflussen oder die Unfruchtbarkeit und Untüchtigkeit bei Männern zu verursachen. [...] Diese Effekte bringen sie durch sonderbare Bildwerke aus Wachs und anderen Materien zustande, zweitens durch Zauberzeichen und Figuren, die ihrer Aussage nach konsekriert und geheiligt sind, drittens durch Worte und Gesänge, die man sonst 'Segen' nennt. Sie unterstehen sich, durch die Kraft dieser Segen Augen, Ohren, Zähne und andere Glieder des Menschen entweder zu beschädigen oder zu heilen, wie auch die Menschen festzumachen vor der Gewalt wilder Tiere und vor Beschädigung durch Hauen, Stechen, Schießen und Ertrinken. Schließlich gebrauchen sie hierzu etliche gleichsam natürliche Dinge wie etwa Kräuter, Salben, Pulver, Steine, Haare, Wurzeln und Gift, welches sie den Menschen anstreichen, anwerfen oder in Speise oder Trank mischen, um die Menschen zur Liebe zu bewegen, krank zu machen oder gar umzubringen.«

Dieser aufschlussreiche Text von Francisco de Osuna, 1602 ins Deutsche übertragen, verdeutlicht auf eindrucksvolle Weise, was man, insbesondere zur Zeit der Inquisition, den so genannten Hexen alles andichtete.

Bezeichnend ist hierbei, dass die Angst vor Schadenszauber sich fast ausschließlich auf das weibliche Geschlecht konzentrierte. Besonders die alte und/oder gebrechliche Frau, die nicht mehr reibungslos »funktionierte«, wurde als willkommenes Werkzeug dunkler Mächte angesehen. Kinder, die sie nicht mehr gebären konnte, fraß sie kurzerhand auf.

Und angesichts der eigenen körperlichen Unzulänglichkeiten, die Krankheit oder Alter mit sich bringen, mussten sich Neid und Missgunst selbstverständlich gegen das richten, was schön, rein und vollkommen erschien. Perfiderweise wurden aber nicht nur alte, makelbehaftete oder vermeintlich hässliche Frauen verteufelt, sondern auch unbequeme, nach Unabhängigkeit strebende Zeitgenossinnen oder jene, die sich aus der Gemeinschaft zurückzogen, und nicht zuletzt solche, denen eine gewisse Aufgeklärtheit oder Bildung nachgesagt wurde. Für diejenigen, die es dann auch noch wagten, sich heilkundlich oder geburtshelferisch zu betätigen, war der Scheiterhaufen nicht mehr weit. Keine Frage, dass sie unter der bestialischen Folter, die auch als »peinliche Befragung« zu trauriger Berühmtheit gelangte, alles zugaben, was man von ihnen hören wollte...

Das Phänomen ist jedoch nicht allein auf Europa beschränkt. In der Entwicklungsgeschichte fast aller Völker wurde der Frau ein geradezu intuitiver Zugang zur Geister- oder Dämonenwelt nachgesagt. Und auch in anderen Erdteilen wurden Hexen verfolgt und verbrannt. Schon bei den Babyloniern und Assyrern kursierte die Sündenbockthese, dass die Hexe dem Mann die Potenz und der Frau die Schönheit stehle. Und der Glaube, dass Hexen mit Puppen, Knoten, Totenschädeln und allerlei Gebräu Schaden stiften, war schon im alten Mesopotamien verbreitet.

Ein Beleg dafür, dass die Angst vor dämonischen Weibern nicht allein das Ergebnis einer durch die Inquisition ausgelösten Massenhysterie war, liefert eine Episode aus einem altindischen Märchen: »Dem Shiva und seiner Frau Durga (→ Kali; Anm. d. Verf.) [...] huldigen auch die Hexen, die ihre übernatürliche Macht vor allem dem Genuss von Menschenfleisch verdanken. Deshalb suchen sie bei Nacht die Verbrennungsplätze auf und fressen die Leichen, oder sie beschaffen sich Menschenfleisch anderswo.«

Die Hexen und Zauberinnen unserer Tage bedienen sich der Kräfte der Natur, der Elemente und der Gestirne mit Stolz und, sofern sie sich der weißen Magie verschrieben haben, natürlich mit dem Ziel, keinen Schaden anzurichten. Andere haben sich, nicht zuletzt im Zuge des Eso-Booms der letzten Jahre, dem Thema quasireligiös genähert und das Ganze »Wicca« genannt. Basierend auf den Lehren diverser mehr oder weniger anerkannter »Magier« schossen hierbei moderne Hexenzirkel wie Pilze aus dem Boden. Eine wahre Renaissance erlebt das Hexentum derzeit durch einschlägige TV-Serien und Kinofilme, in denen »Menschen wie du und ich« sich plötzlich mit der Tatsache konfrontiert sehen, über magische Fähigkeiten zu verfügen.

Homunculus

Das Wort kommt aus dem Lateinischen (homuncio) und bedeutet so viel wie »kleiner Mensch«. Homunculus ist indes stets die Bezeichnung für eine dem Menschen ähnliche, nicht auf natürliche Weise geschaffene Kreatur.

Der Wunsch, einen künstlichen Menschen zu kreieren, scheint so alt zu sein wie die Menschheit selbst. Ob der in der düsteren Alchemistenküche des Dr. Faustus fabrizierte Homunculus; ob der → Golem, der belebte Erdklumpen in Menschengestalt, im nächtlichen Prag umherstreift; oder ob Frankensteins Monster außer Kontrolle gerät – immer geht es um den allzu hochmütigen Menschen, der danach trachtet, sich mit Gott auf eine Stufe zu stellen, um nach Gutdünken und gemäß eigener Vorstellungen Leben zu erschaffen.

Schon die Menschen der Antike, aber vor allem die mittelalterlichen Alchemisten zeigten ein reges Interesse am Thema. In seiner Schrift *De generatione ratione rerum naturalium* (1538) gab der Arzt und Philosoph Paracelsus eine ausführliche Anleitung zur chemischen Herstellung eines Homunculus. Dabei spielten diverse Körpersäfte wie Urin, Sperma und Blut eine nicht unwesentliche Rolle.

Hüter der Schwelle

Der Bewahrer oder Bewohner der Schwelle soll das Tor zur geistigen Welt bewachen und wird fast immer als die Summe der negativen Eigenschaften und Gedanken des Menschen verstanden, der ihm begegnet. Es heißt, im Schlaf soll ein jeder unbemerkt am Hüter der Schwelle vorbeigehen. Kommt es doch einmal zu einem unvorbereiteten Zusammentreffen zwischen einem Lebenden und dem mysteriösem Türsteher, so wird der Betreffende dem Wahnsinn anheim fallen. So weit der Volksglaube.

In den nicht unumstrittenen Lehren des Anthroposophen Rudolf Steiner hindert der Hüter der Schwelle, hier → Doppelgänger genannt, den Menschen daran, unvorbereitet die Barriere zur geistigen Welt zu übertreten, ohne dass dieser es bemerkt. Steiner unterteilt das Phänomen in »kleiner« und »großer« Hüter der Schwelle. Hat man, nach entsprechender geistiger Vorbereitung, die Begegnung mit dem kleinen Hüter überstanden, darf man dem großen Hüter der Schwelle gegenübertreten. Diese strahlende Lichtgestalt fordert den Betreffenden sodann auf, an seiner eigenen Vervollkommnung zu arbeiten und die eigenen Kräfte auf den Dienst am Nächsten zu verwenden, auf dass die Erlösung aller folge.

Nach Auffassung der Theosophin Helena P. Blavatsky können sich hinter dem Hüter der Schwelle bösartige, astrale Doppelgänger eines Verstorbenen verbergen.

Hydra

Diese neunköpfige, hochgiftige Wasserschlange ist die Tochter von → Echidna und → Typhon sowie die Schwester des → Zerberus, der → Chimäre und der → Sphinx.

Das Perfide an Hydra war die Tatsache, dass jedesmal, wenn ihr einer der neun Köpfe abgeschlagen wurde, dieser gleich doppelt wieder nachwuchs. Erschwerend kam hinzu, dass eines der Häupter zudem nicht totzukriegen war.

Diese frustrierende Erfahrung musste auch Herakles machen, und erst als sein Neffe Iolaos der Bestie die Halsstümpfe ausbrannte, konnte dem Spuk ein Ende bereitet werden. Der Rumpf der Hydra wurde in zwei Teile gehauen, der unsterbliche Kopf abgeschlagen und vergraben. Sodann tauchte Herakles seine Pfeile in das giftige Blut der Schlange und verursachte künftig mit ihnen nie heilende Wunden im Fleisch seiner Gegner.

Ianus
→ Janus

Iblis

In der orientalischen Mythologie, auch nachzulesen in der Märchensammlung *1001 Nacht*, war Iblis zunächst einer der → Erzengel und ein enger Vertrauter Gottes. Als der Herr beschloss, aus einem Klumpen Erde den Adam zu erschaffen, befahl er sämtlichen Engeln, einschließlich Iblis, sich ehrfurchtsvoll vor dem ersten Menschen niederzuwerfen. Doch Iblis verweigerte den Kniefall, und Gott verfluchte seinen allzu stolzen Mitarbeiter und vertrieb ihn aus dem Paradies. Auf Iblis' Bitte hin verschob der Schöpfer allerdings dessen Verbannung in die Hölle bis zum Weltenende.

Eine folgenschwere Entscheidung, möchte man meinen, denn fortan trieb sich Iblis in Ruinen und auf Friedhöfen herum und scharte eine Horde böser Dämonen um sich, die als → Dschinnen bekannt wurden.

Ichthyophagen

Eines der sagenhaften Wundervölker der Antike, die ihren Weg in die Enzyklopädien des Mittelalters gefunden haben. Die Ichthyophagen, angesiedelt im Raum Äthiopiens und auf Darstellungen meist nackt und mit bis zu den Füßen reichendem Haar vorgeführt, zählten aufgrund ihrer Essgewohnheiten – sie ernährten sich angeblich ausschließlich von Fisch – zu den Erdenbewohnern, die den Reisenden des Altertums, der Dichtung nach allen voran Alexander dem Großen, einigermaßen suspekt erschienen.

Incubus

Im Mittelalter und vor allem zur Zeit der Hexenprozesse war der Incubus (lat. für »der Aufliegende«) die männliche Verkörperung eines Dämons, der mit den Frauen den Beischlaf vollzog. Als Ergebnis dieser Heimsuchung sollen die Opfer nicht selten → Wechselbälger zur Welt gebracht haben. Er ist das Gegenstück zum weiblichen → Succubus.

So schreibt der *Hexenhammer*: »Der Grund aber, warum sich Dämonen zu Incubi oder Succubi machen, ist nicht das Lustgefühl, denn als Geister haben sie ja weder Fleisch noch Knochen; sondern [...], dass sie durch das Laster der Wollust die Natur des Menschen beiderseits, nämlich den Leib und die Seele, zerstören, damit so die Menschen umso willfähriger zu allen anderen Lastern werden.«

Bedrängte der Incubus die Frauen einmal nicht sexuell, so wurde er zumindest beschuldigt, sich als Druckgeist, Nachtmahr oder → Drud der Schlafenden auf die Brust zu setzen und ihr erotische oder Albträume zu bereiten.

Den der Hexerei angeklagten Frauen wurde oft unterstellt, regelmäßigen Geschlechtsverkehr mit Incubi und anderen teuflischen Gesellen gehabt zu haben. Der Incubus wird daher in der einschlägigen Literatur auch als Buhlteufel der → Hexen bezeichnet.

Janus

Bei den Römern war dieser doppelgesichtige Gott der Schutzpatron der öffentlichen Tore, der Ein- und Ausgänge sowie die Personifikation von Anfang und Ende. Seine Attribute sind Schlüssel und Pförtnerstab. Es heißt, Janus unterwies die Menschen im Gebrauch der Münzen und Schiffe. Beim Gebet wurde Janus stets als Erster angerufen. Der typische Januskopf mit seinen nach links und rechts ausgerichteten Profilen war auf die kleinste römische Kupfermünze, den As, geprägt.

Nicht sicher ist, ob die Bezeichnung für den Monat Januar, ursprünglich der elfte im römischen Kalender, etwas mit Janus zu tun hat.

Die Ambivalenz des Janus in seiner Doppelköpfigkeit wurde mit der Zeit immer stärker als Symbol für die zwei Seiten des Lebens verstanden: Gut und Böse, Geburt und Tod, Licht und Schatten. Heutzutage bezeichnet man vor allem jene Zeitgenossen, die nach vorne lächeln und nach hinten treten, als »janusköpfig«.

Kali

Kali (sansk.: die Schwarze) ist zunächst einmal eine hinduistische Göttin und die Schutzpatronin der Stadt Kalkutta, die nach ihr benannt wurde. In dieser Hinsicht ist Kali gütige Weltenmutter, Herrin über die Zeit und die Göttin des Todes als Voraussetzung für neues Leben.

Kali ist aber auch der Name des weiblichen Teils (Shakti) des Gottes Shiva, bisweilen auch als seine Gattin bezeichnet. In dieser Funktion verkörpert die Vierarmige als »Devi« den destruktiven, grausamen Aspekt des Gottes, was durch eine dunkle Hautfarbe und Furcht erregende Miene verdeutlicht wird. Kalis Attribute sind u.a. der Dreizack und eine Kette aus 50 Menschenköpfen, von denen jeder für einen Buchstaben des Sanskrit-Alphabets steht. Ihr Symboltier ist die Eule.

Noch im 18. Jh. wurden Kali von gewissen Geheimkulten Menschenopfer dargebracht, unter anderem in ihrer Erscheinungsform »Durga« im Süden Indiens. In Film und Literatur der Neuzeit wird die Ambivalenz und Vielschichtigkeit dieser Ur-Göttin selten berücksichtigt. Hier gerät Kali fast immer zum unberechenbaren, blutrünstigen Dämon.

Kannibale

Kaum etwas hat die Gemüter der Ethnologen im Zeitalter der Entdeckungen so erhitzt wie die Tatsache, dass es unter einigen Naturvölkern in Übersee auch solche geben soll, die einander auffressen. Das romantisierte Bild vom »guten Wilden« hatte damit einige unschöne Flecken davongetragen.

Dabei war die pure Nahrungsaufnahme nur selten Grund für die Anthropophagie; in erster Linie wollte man sich durch den Verzehr eines anderen Menschen dessen Macht oder Kraft aneignen, gelegentlich diente das Ritual auch als Initiationsritus oder als Teil einer Totenfeier, um sich dem Verstorbenen zu nähern. Man unterscheidet zwischen Endokannibalismus, bei dem nur die Mitglieder des eigenen Stammes verzehrt werden, und Exokannibalismus, bei dem Nicht-Stammesmitglieder dran glauben müssen. Wann immer es ums nackte Überleben ging, wie etwa 1972 bei dem berühmten Flugzeugabsturz in den Anden, schien es den fast Verhungerten stets wichtig, zunächst nach Möglichkeit weder Familienangehörige noch Freunde aufzuessen.

Allerdings war der rituelle Kannibalismus und der Genuss menschlichen Blutes nicht ausschließlich bei so genannten primitiven Völkern wie etwa den Kariben üblich; auch Hochkulturen wie die Azteken brachen dieses aus heutiger europäischer Sicht unantastbare Tabu. Zudem scheint belegt, dass auch unsere steinzeitlichen Vorfahren in dieser Hinsicht keine Hemmungen hatten.

Die Menschenfresserei zeigt eine enge Verbindung zum → Vampirismus und → Werwolfmythos. Doch auch unter den → Hexen scheint Kannibalismus nichts Ungewöhnliches gewesen zu sein, wie das Märchen von *Hänsel und Gretel* und die Geschichten um die → Baba Jaga belegen. Für die Horrorindustrie war das Thema natürlich ein gefundenes Fressen...

Kelpie

Der Kelpie ist ein bösartiger schottischer → Gestaltwandler, mal von menschlicher, mal von pferdeähnlicher Statur.

Zumeist lauert er in der Nähe von tiefen Seen oder Flüssen ahnungslosen Vorbeireisenden auf, um sie im feindlichen Nass zu ertränken. Doch der Wasserdämon hat noch fiesere Tricks auf Lager: In menschlicher Form schwingt er sich hinter einem Reiter auf dessen Pferd und versucht ihn mit seinen starken Armen zu erdrücken, während das Ross in Richtung Wasser getrieben wird. In der Gestalt des Pferdes wartet der Kelpie an einer Straße, bis jemand leichtsinnig genug ist, sich auf seinen Rücken zu schwingen. Sodann galoppiert er zu einem tiefen Gewässer, um den Reiter darin zu ersäufen.

Volkssagen berichten, dass der Kelpie zu einem willfährigen Diener gemacht werden kann, wenn man ihm einen Hochzeitsschleier überwirft. Fällt dieser jedoch herab, so ist der Kelpie wieder frei und belegt seinen ehemaligen Herrn samt Familie mit einem Fluch. Was wieder mal beweist, dass es zu allen Zeiten ein Problem war, loyales Hauspersonal zu bekommen...

Kentaur
→ Zentaur

Kerberos
→ Zerberus

Klabautermann
Was der → Hausgeist zu Lande, ist der Klabautermann zur See. Jedes Schiff, das etwas auf sich hält, hat einen dieser zwar nicht bösartigen, gleichwohl stets zu Schabernack aufgelegten und klopfwütigen → Kobolde mit an Bord. Die Beschreibungen des meist unsichtbaren Schiffsgeists reichen von zerknittert greisenhaft bis kindlich fragil.

Nur zwei Gründe können den Klabautermann dazu bewegen, seine schwimmende Heimstätte zu verlassen: verbrecherische Seeleute oder der bedauerliche Umstand, dass das Schiff unumkehrbaren Kurs auf den Meeresgrund nimmt.

Kobold
Wohl dem, der einen dieser meist unsichtbar im Hintergrund wirkenden → Hausgeister zu seinen ständigen Mitbewohnern zählt, liegt dem Kobold doch nichts weniger am Herzen als das Glück und Wohl der Familie, mit der er das Dach über dem Kopf teilt. Ganz omnipräsente graue Eminenz, sieht er sich gewissermaßen als selbst ernannter Stellvertreter des Hausherrn, in dessen Abwesenheit er über Heim, Herd, Gesinde und im Bedarfsfall auch mal über die

Ehegattin wacht. Von zwergenhafter Gestalt, mit runzligem Gesicht und typischem langem Rauschebart, ist er neben seiner Eigenschaft als »Hausverwalter« zugleich Schutzgeist der Familie, der sein unermüdlicher Einsatz nicht selten zu Reichtum und Wohlstand verhilft – vorausgesetzt, sie vermeidet es, ihn zu verärgern. In diesem Fall wird aus dem gutmütigen Helferlein ein wahrer Plagegeist, der weder durch Auszug noch durch Niederbrennen des Hauses wieder loszuwerden ist – im neuen Heim der Familie wird es mit Sicherheit ein böses Erwachen geben.

Korred

Die Korreds (Hügelmänner, Bucca Boos) sind → Trolle, die in den Märchen- und Sagenwelten Südenglands, Skandinaviens und des Nordwestens Frankreichs ihr Unwesen treiben. Eigentlich stammen sie von Riesen ab, dennoch sind sie kaum mehr als ein laufender Meter. Wenn sie wütend werden, können sie sich allerdings zur Größe ihrer Ahnen aufblähen und ausgesprochen sichtbehindernd sein. Der gemeine Korred entspricht nicht eben dem, was man unter einem Schönheitsideal versteht: Er trägt ein braunes, meist ziemlich zotteliges und zerrupftes Fell, hat Hufe an den Füßen und glühend rote Augen; häufig kommt dazu noch ein hässlicher Buckel. Auch die dicke unansehnliche Knollennase trägt wenig zu einer positiven Gesamterscheinung bei. Wahrscheinlich sind sich die Hügelmänner dessen bewusst, denn im Allgemeinen verlassen sie ihre Unterschlüpfe nur des Nachts.

Korreds sind Erdmagie-Wesen, und es heißt, dass es in einigen Regionen Exemplare ihrer Gattung gibt, die sich unsichtbar machen oder die Gestalt von Tieren annehmen können.

Darüber hinaus sind Korreds sozusagen die John Travoltas der Märchenwelt. Sie tanzen mit wahrer Besessenheit, und zwar mit solch heißer Sohle, dass das Gras unter ihren Hufen Feuer fängt. Leider übertragen sie diese Leidenschaft nicht selten auch auf ihre menschlichen Tanzpartner, besser gesagt ihre Opfer, die sie mittels magischer Kräfte dazu zwingen, sich im wahrsten Sinne des Wortes zu Tode zu tanzen. Der korred'schen Variante des Saturday Night Fever – wobei der Wochentag nicht wirklich eine Rolle spielt – sollen schon etliche nichts Böses ahnende Teenager ihr frühzeitiges Ableben zu verdanken haben.

Krake

In Mythen und Märchen lauert der Krake (zool. korrekt: Kalmar), ein mit acht saugnapfbewehrten Tentakeln ausgestattetes riesiges → Seeungeheuer, Schwimmern und sogar ganzen Schiffen auf, um sie zu verschlingen oder mit sich in die Tiefe zu reißen. Der den Legenden und Fabeln entsprungenen überdimensionierten Variante dieses Meeresungetüms wird nachgesagt, dass allein der Rumpf, welcher inselgleich aus dem Wasser rage, eine Länge von eineinhalb Meilen erreichen könne.

Kyklop
→ Zyklop

Anonymus, *Riesenkrake versenkt ein Schiff*, 1805

Lamia

Lamia (griech.: die Verschlingerin) war in der griechischen Mythologie eine Geliebte des Zeus, die von des Göttervaters eifersüchtiger Gemahlin, Hera, mit Wahnsinn gestraft wurde und im Zuge dessen ihre eigenen Kinder umbrachte. Die verspätete Reue über diese blutige Tat raubte ihr jeglichen Schlaf und ließ sie zusehends verfallen, bis schließlich von der einstigen Schönheit nur mehr eine abstoßende Schreckgestalt übrig blieb, voller Missgunst und Neid, deren boshaftes Trachten fortan den Kindern anderer Mütter galt. Es heißt, dass die Lamia, wenn sie ruhte, zuvor ihre Augen aus den Höhlen nahm, um sie weiterhin nach Opfern spähen zu lassen.

Spätere Legenden und Mythen des Altertums berichten von den Lamien als dämonische Frauen, die es nicht nur auf Kinder, sondern mit Vorliebe auch auf gut gebaute junge Männer abgesehen hatten. Als Mittel zum Zweck bedienten sie sich der Kunst der Verführung, das heißt, sie nahmen die Gestalt wunderschöner Frauen an. Die jugendlichen Heißsporne gingen ihnen natürlich prompt auf den Leim, mit dem Ergebnis, dass sie anschließend zumeist ziemlich blutleer waren. In ihrem Faible für die Körpersäfte knackiger Burschen und in der Methodik, sich diese zu beschaffen, ähnelt die griechische Lamia der altisraelitischen → Lilith. Auch mögen manche ihrer Eigenschaften und Züge nicht ohne Einfluss auf das Bild der okzidentalen → Hexe gewesen sein.

Aus dem Spätmittelalter stammen Darstellungen, die Lamien als Mischwesen zeigen: Auf dem Hals eines vierbeinigen Tierkörpers – an den Vorderfüßen Krallen, an den hinteren Hufe, mit Schweif, weiblichen Brüsten und männlichem Gemächt thront – ein Kopf mit dem katzenhaften Antlitz einer Frau.

Latura

Latura (Lature Dano) ist der Name eines indonesischen Todesgottes, der neben seiner verantwortungsvollen Aufgabe als Herr über die Unterwelt und Gott der Finsternis noch hinreichend Zeit findet, die Menschheit mit Krankheiten und Unwettern zu geißeln.

Leprechaun

Die der irischen Sagenwelt entstammenden Leprechaun (auch: Little People; das Wort Leprechaun entstand aus dem gälischen Begriff für »kleiner Körper«) sind dem → Kobold nicht unähnliche Wesen von einigermaßen grotesker Erscheinung. Kaum größer als etwa einen halben Meter, tragen sie zumeist einen großen Hut und eine lederne Schusterschürze, Letztere eher berufsbedingt, da sie angeblich für die komplette Feenpopulation ihrer Heimat das Schuhwerk herstellen (wenn es die Auftragslage zulässt durchaus auch mal für andere Bewohner des Märchenreiches). Leprechaun sind wahre Gesichtsbaracken, ihr Antlitz ist eine wilde Landschaft voller Runzeln und Warzen, worüber sich in Anbetracht ihres salomonischen Alters von oftmals mehreren hundert Jahren unter Umständen hinwegsehen lässt. Dennoch sind sie extrem flink, was sie wohl auch sein müssen, denn manch ein Ire in Geldnöten trachtet danach, einen von ihnen zu fangen, da die Kunde geht, im Falle seiner Festsetzung müsse ein Leprechaun mit seinen fraglos unermesslichen Schätzen herausrücken. In aller Regel handelt es sich dabei um einen Topf voller Gold, der irgendwo am Ende des Regenbogens verbuddelt ist. Doch auch wer einen Leprechaun beim Schlafittchen hat, sollte den trick-reichen Burschen nicht eine Sekunde aus den Augen lassen – bei der ersten sich bietenden Gelegenheit ist er auf und davon.

Immerhin ist es Hollywood gelungen, diese flüchtigen Schuster-gesellen diverse Male auf Zelluloid zu bannen.

Leviathan

Der Leviathan, ein ursprünglich der Mythologie der Phönizier ent-stammendes → Seeungeheuer, wird in den alten Überlieferungen als Schlange oder als → Drache beschrieben. Im Buch Hiob gilt er gar als Herr über alle Ungetüme, König aller stolzen Tiere, mit dich-tem Panzer und einem Maul, zwischen dessen Zähnen nichts als Schrecken herrscht. Der christlichen Literatur des Mittelalters galt dieses der germanischen → Midgardschlange vergleichbare und nichts als Chaos verbreitende Untier, das so alt ist wie die Welt, als Personifizierung aller widergöttlichen Mächte und damit auch des → Teufels bzw. des → Antichristen.

Lilith

Lilith (hebr.: die Nächtliche) war dem Talmud zufolge die erste Frau Adams, die noch vor der Erschaffung der Eva aus Erde geformt wurde. Da sie sich ihrem Gemahl absolut ebenbürtig fühlte und sich schlichtweg weigerte, selbigem untertan zu sein oder gar beim Sex unten zu liegen, kam es zwangsläufig zur wohl ersten Ehekrise der Menschheitsgeschichte, die damit endete, dass Lilith kurzerhand davonflog, um ihr Glück woanders zu suchen. Ihre emanzipatori-schen Bestrebungen wurden ihr von allerhöchster Stelle ziemlich übel genommen, und sie wurde dazu verdammt, bis zum Jüngsten Tag ihr Dasein als böse Dämonin der Nacht zu fristen. Als Schrecken ver-breitendes Nachtgespenst zieht sie seitdem umher, mordet Kinder, am liebsten neugeborene, plagt Erwachsene, vorzugsweise schwan-gere Frauen, mit Albträumen oder saugt jungen Männern das Blut aus und macht sich des Samenraubs schuldig.

Gleichzeitig verkörpert Lilith den Prototyp der verführerischen Femme fatale, repräsentiert das sexuell Abgründige und Ausschweifende ebenso wie das zerstörerische Element der Weiblichkeit und steht damit im genauen Gegensatz zu dem Leben spendenden Prinzip der Mutter. Dessen ungeachtet gilt sie als die Stammmutter der → Vampire.

Schon der Name Lilith verweist auf einen engen Zusammenhang mit der in altmesopotamischen Mythen zu findenden Gestalt der Lilitu, ebenfalls eine Nachtdämonin mit verführerischen Tendenzen.

Lindwurm

Beim Lindwurm (altdt.: lint = Schlange) handelt es sich um ein dem → Drachen verwandtes Ungeheuer, das manchen tapferen Recken der Märchen- und Sagenwelt vor ernsthafte Probleme stellte.

Loki

Ein mächtiger, ebenso bösartiger wie arglistiger Dämon der altgermanischen Mythologie, halb der Riesen- und halb der Götterwelt angehörend. Letzteren bereitete er nichts als Ärger. Gemeinsam mit seiner Gemahlin, der Riesin Angrboda, schuf er drei weitere Dämonenkreaturen: die → Midgardschlange, den → Fenriswolf und die Totengöttin → Hel. Bei der Götterdämmerung wird Loki von dem Gott Heimdall besiegt und seinem keinem geringeren Ziel als dem Weltuntergang dienenden Treiben ein jähes Ende gesetzt. Leider ist es auch das Ende Heimdalls, der in diesem Kampf ebenfalls fällt.

Lokis zerstörerisches Wesen, sein Intellekt und seine Rolle als Anführer der Mächte der Vernichtung weisen durchaus gewisse Parallelen zur Gestalt des → Luzifer auf.

Luzifer

Luzifer (lat.: luciferus = der Lichtbringer), der gefallene → Engel, hat im Auftrag Gottes die Aufgabe, die Menschen zur Sünde zu verführen.

Nach Jesaja 14,12 ist Luzifer – in der römischen Mythologie der Sohn Auroras, der Göttin der Morgenröte – der Morgenstern, der seinen Hochmut, hoch in den Himmel aufzusteigen und sich über die Sterne Gottes zu erhöhen, mit einem jähen Absturz in die Unterwelt bezahlte. Bei Lukas 10,18 wird dieser somit empfindlich degradierte Engel zu → Satan, was ihm in der christlichen Welt immerhin wieder zu einigem, wenn auch zweifelhaftem Ansehen verhalf.

Luzifers Charakter ist durchaus ambivalent: Einerseits ist er es, der den Enthusiasmus des Menschen für hohe Ziele schürt, dessen

Geist zu Höchstleistungen in Musik, Kunst und Dichtung befähigt; andererseits ist es ihm zuzuschreiben, dass so manches aufstrebende Genie in dem Feuer der eigenen schöpferischer Leidenschaft verbrennt. Rauschhafte Begeisterungszustände, gleich welcher Art, und heillose Verstrickungen in Scheinwelten gehen auf das Konto des gefallenen Engels. Eitelkeit, Anmaßung, Größenwahn sowie selbstsüchtige und nur auf den eigenen Genuss zielende Liebe gelten als typisch luziferische Eigenschaften.

Darüber hinaus wird Luzifer, der jüdischen Überlieferung folgend, nach der Dämonen die Abkömmlinge gefallener Engel sind, gemeinhin als der Urvater aller Dämonen gesehen.

In Skandinavien wurde Luzifer während der Christianisierung häufig mit → Loki gleichgesetzt.

Magier
→ Zauberer

Medusa
Eine der in der griechischen Mythologie beschriebenen drei → Gorgonen. Ihr Grauen erregendes Medusenhaupt ist von Schlangenhaa-

ren umlodert, und ein einziger Blick aus ihren schrecklichen Augen lässt jeden, der in ihr Antlitz schaut, augenblicklich zu Stein erstarren. Dieses beeindruckende Haupt wurde ihr allerdings der Sage nach von Perseus abgeschlagen, der es daraufhin der Göttin Athene als Präsent überreichte.

Dem Korpus der geköpften Medusa soll das geflügelte Dichterross → Pegasus entsprungen sein, das etwas verspätete Ergebnis einer heißen Affäre mit dem Meeresgott Poseidon. Athene hatte seinerzeit dem in ihrem eigenen Tempel stattfindenden ruchlosen Treiben dadurch ein jähes Ende gesetzt, dass sie der frevlerischen Mätresse kurzerhand jenes wenig vorteilhafte und überaus beziehungsfeindliche Monsteroutfit verpasste.

Meerjungfrau

Die Meerjungfrauen zählen, ebenso wie → Nixen und Wassernymphen (→ Nymphen), zur Familie der Wassergeister. Barbusig und mit wallendem Haar bevölkern sie im Reich der Märchen und Sagen die Küstenstreifen, wo sie mit Vorliebe junge Fischer, die an dem silbern schimmernden Fischschwanz des ansonsten ausnehmend betörenden Wesens keinerlei Anstoß nehmen, hinab ins nasse Grab locken. Seeleu-

ten, die sich auf großer Fahrt befinden, gilt die Sichtung einer Meerjungfrau als sicheres Zeichen für drohendes Unheil.

Ein weitaus liebenswerteres Exemplar dieser Gattung findet sich in Hans Christian Andersens Märchen *Die kleine Meerjungfrau.*

Mephisto(pheles)

Mephisto oder Mephistopheles (griech.: mephostophilis = Der das Licht nicht liebt; hebr.: mephir = Zerstörer, tophel = Lüge) ist der Name des → Teufels und Dämons, der durch das 1587 erschienene Volksbuch über den Schwarzkünstler Doktor Johann Faust zu einiger Berühmtheit gelangte. Seinen eigentlichen Durchbruch hatte er jedoch erst, nachdem Goethe sich des Stoffes annahm.

Mephisto besitzt die Fähigkeit, sich in einen → Drachen oder → Greif, in einen Mönch, feurigen Bären, schwarzen Hund oder eine feurige Kugel zu verwandeln. In der Faustdichtung wird er häufig auch als Geist von weltmännischer Eleganz beschrieben, der mit destruktivem Intellekt und hintersinniger Ränke allzu leichtgläubige Menschen aufs Glatteis führt. Nur zu bereitwillig stellt Mephisto seine dämonischen Fähigkeiten in den Dienst desjenigen, der seine Hilfe erbittet, allerdings um den Preis, dass die Seele seines Vertragspartners nach dessen Tod unwiderruflich zur Hölle fährt.

Als Teufelskreatur von zeitloser Qualität, geistert er durch zahlreiche Bücher, Comics und Filme, in jüngerer Zeit auch als imposanter Endgegner durch die virtuellen Welten von Computerspielen.

Merrow

Meereskreaturen der irischen Sagenwelt, den Wassermännern, → Nixen und → Meerjungfrauen vergleichbar. Wie so oft in der Natur sind die weiblichen Vertreter dieser Gattung von betörender Schönheit, die männlichen indes potthässlich. Gelegentlich verlassen die Merrows ihr angestammtes Element, um sich in Küstennähe ein wenig auf dem Lande umzutun. In aller Regel sind sie friedlich, doch man sollte sie nicht reizen und ihnen schon gar nicht die Butter vom Brot nehmen bzw. ihre Fischbestände über Gebühr dezimieren. Hungrige Merrows sind bisweilen äußerst rabiat und nicht zu unterschätzen.

Midgardschlange

Die Midgardschlange (Midgardsomr, Jörmungandr) umgürtet in der nordgermanischen Mythologie die Erdenwelt (nord.: Midgardr = Mittewelt, i.e. der Lebensraum der Menschen). Ringförmig, mit dem Schwanzende im eigenen Maul, umschließt diese dämonische, gigantische Schlange das Reich der Sterblichen, lässt mit jedem ihrer Schlucke Ebbe werden und mit jedem Ausspeien Flut. Sie ist das Kind → Lokis und der Riesin Angrboda und entstammt damit dem

Johann Heinrich Füssli, *Thor im Boot von Hymir* (im Kampf mit einer Midgard-schlange), 1790

gleichen Haus wie Fenrir (→ Fenriswolf) und → Hel. Zur Ragnarök, der Zeit des Weltuntergangs und der Götterdämmerung, wird Jörmungandr von Thors Hammer zermalmt, der Donnergott selbst durch ihren giftigen Atem getötet.

Seit der Christianisierung wird die Midgardschlange häufig dem der jüdischen Überlieferung entstammenden Meeresungeheuer → Leviathan gegenübergestellt. → Seeungeheuer

Minotaurus

Mischwesen aus der griechischen Mythologie (Sohn der Pasiphae und des Kretischen Stiers) mit Stierkopf und Menschenkörper, das von den Kretern verehrt wurde.

König Minos ließ den Minotaurus, der sich nur von Menschenfleisch ernährt, in ein Labyrinth einsperren, wo Theseus ihn schließlich tötete.

Moloch

Ein im Alten Testament mehrfach erwähnter Götze des Feuers und anderer unterirdischer Mächte, vermutlich dem kanaanitisch-phönizischen → Baal oder Milkom, einem ammonitischen Gott des Sturmes, gleichzusetzen (Bibelstellen u.a.: 1. Kön 11,4 und 7; 2. Kön 16,3; 21,6; 23,10; Jer 32,35; 3. Mose 18,21; 20,2-5). Moloch oder Molech (wahrscheinlich von hebr.: melek = König), ein meist stierköpfig dargestelltes Scheusal, stand insbesondere für Verderbnis bringende Maßlosigkeit und Gier. Es heißt, dass dieser schrecklichen Gottheit in grausamer Weise Kinder geopfert und ihr zu Ehren den Flammen übergeben wurden. Auch heute noch ist der Name Moloch Synonym für Unersättlichkeit und das Bodenlose der alles verschlingenden Schmelztiegel und Metropolen moderner Zivilisation.

Mumie

Als Mumien (pers.: mum = Wachs; arab.: mumia) werden Leichname bezeichnet, die mittels ausgefeilter Konservierungstechniken (Mumifizierung) vor dem natürlichen Verfall geschützt werden sollten. Obwohl Einbalsamierungen in der Antike vielerorts gebräuchlich waren, sind es vor allem die Ägypter gewesen, die es hierin zu wahrer Meisterschaft brachten. Der Körper des Verblichenen wurde von Gehirn und Eingeweiden befreit, mit diversen Substanzen und bis zu siebzig Tage lang mit Natronsalz behandelt, um ihm das Wasser zu entziehen. Alsdann wurde der Leichnam mit speziell präparierten Stoffbahnen umwickelt und schließlich bestattet, auf dass die Seele des Verstorbenen mitsamt eines unversehrten Körpers Einlass in das Totenreich fand.

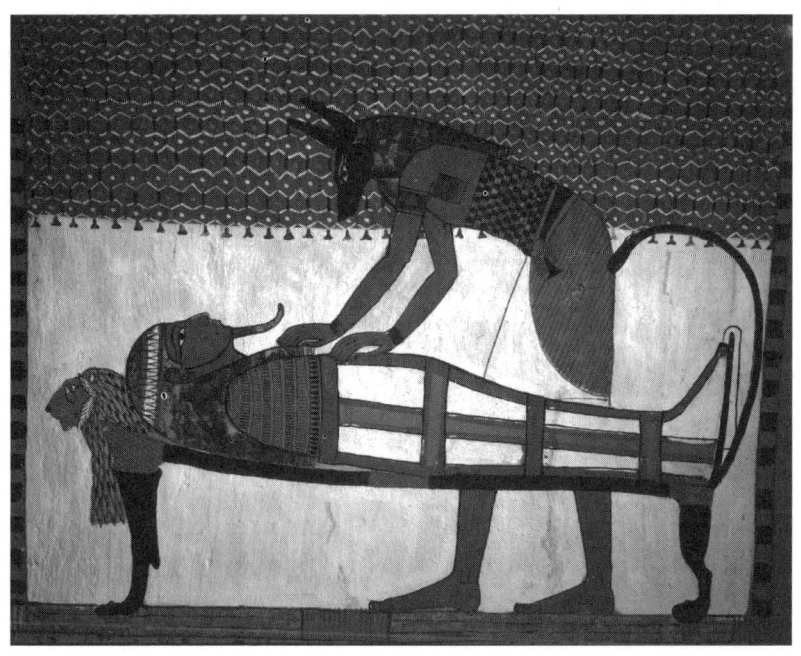

Zahlreiche ägyptische Mumienfunde weisen selbst nach tausenden von Jahren noch derart menschliche Züge und Formen auf, dass es nicht wundert, wenn sich an ihnen die Fantasie manch eines kreativen Geistes entzündete, nicht zuletzt und immer wieder aufs Neue die der Drehbuchautoren Hollywoods.

Nachtmahr
→ Drud

Nachzehrer

Der dem deutschen Volksglauben entstammende Nachzehrer ist in gewisser Weise eine regionale Variante des klassischen → Vampirs, allerdings deutlich fauler als die blutsaugenden Ahnen Draculas. Im Gegensatz zu ihnen verlässt dieser lebende Leichnam niemals sein Grab, auch nicht in lauen Sommernächten. Stattdessen bleibt er lieber in seiner gemütlichen Gruft und kaut und saugt an so ziemlich allem herum, was er zwischen die ungeputzten Zähne bekommt – seien es die eigenen Hände, Leichentücher, kleinere Bestattungspräsente und -beigaben oder sonst irgendwas. Wahrscheinlich kaut er auch an den Fingernägeln. Gegen all das wäre im Grunde genommen nichts einzuwenden, schließlich hat jeder so seine Angewohnheiten, doch leider hat die quasi postmortale orale Phase des Nachzehrers den unschönen und nicht tolerierbaren Nebeneffekt, dass er auf diese Weise noch lebenden Menschen, meist den eigenen Hinterbliebenen, das Blut und die Lebensenergie entzieht. Daher dauert es auch meist nicht lange, bis seine erwählten Opfer sich ebenfalls die Radieschen von unten betrachten. Als Präventivmaßnahme haben manche Trauernden dem Dahingeschiedenen und potentiellen Nachzehrer, in Erinnerung gängiger Methoden beim Vampir, einen Pfahl durch die Brust getrieben oder sein Totenhaupt vom Körper getrennt. Wurde der Leichnam zudem noch gefesselt und mit Dornengestrüpp bedeckt und nichts, was sich anzuknabbern verlohnte, in der Nähe seines Mundes belassen, wähnte sich die Verwandtschaft gleich viel sicherer.

Die Vorstellung von Toten, die die Lebenden zu sich ins Grab hinabziehen, erklärt sich nicht zuletzt aus den Ängsten, die ansteckende Krankheiten und Seuchen seit jeher im Menschen wecken. Vor allem zu Zeiten der Pest hatte der Nachzehrerglaube Hochkonjunktur.

Nixe

Gemeinhin bezeichnet der Volksglaube, spätestens seit sich die Romantik dieses Stoffes annahm, als Nixe ein dem Menschen eher freundlich gesinntes Wesen mit dem Aussehen einer → Meerjungfrau. Gleichwohl tauchten Nixen bereits im 10. Jh. bei Notker dem Deutschen unter der Bezeichnung »nihhus« oder »nicchus« als weibliche Wassergeister von variabler Gestalt auf, aus denen in der Folgezeit bald dem Menschen nach dem Leben trachtende Dämonen wurden. Ihr männliches Pendant, der Nix, hat auch nach der Romantik seine grundsätzlich hinterhältigen und gemeingefährlichen Züge behalten; er tritt in menschlicher wie tierischer Gestalt in Erscheinung, in einigen Landstrichen vorzugsweise als Pferd bzw. → Kelpie.

Nosferatu
→ Vampir

Nymphe

Nymphen (griech.: nymphe = junge Frau, Braut; lat.: nympha) sind in der griechisch-römischen Mythologie halbgöttliche weibliche Naturgeister, Töchter zwar des Zeus, gleichwohl nicht unsterblich.

Zu unterscheiden sind Baumnymphen (Dryaden, Hamadryaden), Bergnymphen (Oreaden), Meernymphen (Okeaniden, Nereiden), Waldnymphen (Alseiden) und Wassernymphen (Naiaden). Allen gemein ist ihre außergewöhnliche Anmut und Schönheit. Nymphen lieben den Tanz, erfreuen sich an neckischen Spielen und sind einem kleinen Flirt unter Göttern und Halbgöttern nie abgeneigt. Sie verdrehten manchem → Satyrn und Walddämonen den Kopf und entlockten selbst Zeus den einen oder anderen, nicht immer ganz väterlich gemeinten Seufzer. Menschen gegenüber sind sie jedoch ausgesprochen scheu, wenngleich es auch Berichte gibt, nach denen einzelne dieser bezaubernden Verführerinnen ihr Auge auch auf sterbliche Jünglinge warfen. In aller Regel jedoch sind dergleichen Verbindungen meist schon in der Vorrunde gescheitert, und dies immer zum Schaden der jungen Verehrer. Andere liebestrunkene Pläne wurden jäh über den Haufen geworfen, wenn die Nymphe von dem Angebeteten erwartete, in ihr Element überzusiedeln, was beispielsweise im Fall einer Wassernymphe nachgerade atemberaubende Folgen haben kann. Zumal eine Nymphe sehr ungeduldig und aufbrausend zu sein vermag und selten mit sich diskutieren lässt.

Oni

Japans Beitrag zum Thema → Vampir. Eine ungemein verwand-
lungsfähige Horrorkreatur, auf deren Ernährungsplan ausschließlich
Menschenfleisch und –blut stehen. Erst wenn es für das Opfer längst
zu spät ist, offenbart der Oni seine wahre monströse Gestalt – inklusive wirrer Zottelfrisur und blutroter Grimasse.

Orcus

Orcus ist das römische Pendant zum → Hades und seiner Personifizierung als Gott der Unterwelt.

Noch in diesen Tagen wird das eine oder andere sprichwörtlich »in den Orkus« befördert und damit quasi zur Hölle geschickt.

Brueghel, Jan d. J., *Juno in der Unterwelt*, undatiert

Ork

Ursprünglich die Bezeichnung für einen im frühen Mittelalter aus der römischen Gottheit → Orcus hervorgegangenen teuflischen Dämon, der vor allem im alpinen Bereich unter leicht variierendem Namen (Org, Norg, Nörgelein, Lorko, Orco) von sich Reden machte. Wie so viele Gestalten aus Legenden und Sagen, ist der Ork seinem Wesen nach ambivalenter Natur und wird häufig auch als hilfreicher koboldähnlicher → Hausgeist beschrieben, der sich mit Vorliebe in Weinstuben (Weinnörgele) oder einsam gelegenen Berggehöften einnistet.

In J.R.R. Tolkiens *Herr der Ringe* mutiert dieses vordem mal mehr, mal weniger possierliche Geschöpf schließlich zu rudelweise auftretenden Monsterkreaturen, die in Gestalt und Benehmen an Primaten erinnern und in Zeiten der Not selbst davor nicht zurückschrecken, die eigenen Artgenossen zu überwältigen und zu verspeisen. Seit der Erzbösewicht Morgoth im 1. Zeitalter einige moralisch mehr als bedenkliche Züchtungsexperimente mit gefangenen → Elben unternahm und zwei Zeitalter später der → Zauberer Saruman durch die Kreuzung zwischen den daraus hervorgegangenen Orks und einigen bedauernswerten Dunländern eine kriegerisch geeignetere Orkrasse (→ Uruk-hai) schuf, zählen die grünlich schwarzen und ziemlich kräftigen Gesellen zu den übelsten und lästigsten Söldnern des Bösen, die Mittelerde aufzubieten hat.

Als herumwuselnde und Stress erzeugende Massengegner erfreuen sich Orks in Rollen- und Computerspielen steter Beliebtheit.

Pan

Griechischer Wald- und Hirtengott, Sohn des Hermes und einer → Nymphe, der in seiner Heimat Arkadien die meiste Zeit damit zubrachte, hübschen Nymphen und knackigen Hirtenknaben nachzusteigen. Sein römisches Gegenstück ist der Naturgott → Faun(us).

Pan, deutlich zu erkennen an seinen Bockshörnern, den fellbewachsenen Ziegenbeinen und der unvermeidlichen Panflöte, galt den Griechen als Schutzgott und Schreckensverbreiter zugleich. Während er einerseits über Jäger und Hirten wachte und die Fruchtbarkeit von Herden und Wild mehrte, vermochte andererseits sein plötzliches Auftauchen und sein markerschütternder Schrei jedermann, selbst ganze feindliche Heerscharen, in panische Angst zu versetzen und zu einem meist eher kopflosen als strategischen Rückzug zu veranlassen.

Gelegentlich soll der stets lüsterne Halbgott auch als Anführer der ihm in Gestalt und Lebensart gleichenden → Satyrn in Erscheinung getreten sein.

Panotios

Ein auf altertümliche Dichtungen zurückgehendes menschenartiges Volk, welches nach mittelalterlicher Vorstellung und Enzyklopädik am Rand der bewohnten Erde lebte, also gewissermaßen am sprichwörtlichen verlängerten Rücken der Welt. Riesige und lange Schlappohren wurden den Panotiern nachgesagt, die sie über dem Haupt zusammenklappen konnten, was bei schlechtem Wetter fraglos von Vorteil war. Für die plastische Chirurgie der Neuzeit indes wären sie wohl eine echte Herausforderung.

Pechtrabba

→ Baba Jaga

Moritz Retzsch, *Musenross und hungriger Poet* (Aus der Folge: *Umrisse zu Schillers Pegasus im Joche*), 1833

Pegasus

In der griechischen Mythologie das geflügelte Ross des Bellerophon, mit dem gemeinsam er nicht nur die schreckliche → Chimäre besiegte, sondern zudem den Gipfel des Olymp zu erreichen suchte, womit er sich bei den Göttern nicht eben Freunde machte.

Pegasus bzw. Pegasos, von dem Meeresgott Poseidon mit → Medusa gezeugt, erblickte das Licht der Welt, als er, zusammen mit Chrysaor, dem enthaupteten Rumpf der Gorgo entstieg. Seinem Hufschlag entsprang die Musenquelle Hippokrene, allen Dichtern ein Born der Inspiration und der neuzeitlichen Nachwelt Anlass genug, den fliegenden Göttergaul als Sinnbild für dichterische und wortgewaltige Höhenflüge heranzuziehen.

Poltergeist

Poltergeister (Rumpelgeister) wurden erstmals im 16. Jh. vermeldet und sind seit dieser Zeit ihren üblen Leumund als häufige Verursacher von akkustischen wie kinetischen Spukphänomenen in menschlichen Heimstätten nie wieder losgeworden. Die Palette ihrer Missetaten reicht von harmlosen Streichen über groben Unfug bis hin zu gesundheitsschädigenden Übergriffen, die im ungünstigsten Fall für die Betroffenen tödlichen Ausgang nehmen können.

All denen, die immer noch hartnäckig an vom Wind bewegte Türen, arbeitende Baumaterialien, von morschen Wänden herabfallende Bilder und ähnliche »vollkommen erklärbare Vorgänge« glauben, seien die diversen Kino- und TV-Produktionen ans Herz gelegt. Seien Sie gewiss, Sie werden ihr trautes Heim mit völlig neuen Augen sehen.

Ravana

Mächtige und monströse, meist mit nicht weniger als zehn Köpfen und doppelt so vielen Armen dargestellte indische Gottheit. Im altindischen Versepos *Ramayana* ist Ravana ein Dämonenfürst und König der Rakshasa, ihres Zeichens Furcht erregende und teuflische Geisterwesen, die den Menschen grundsätzlich Übles wollen und gelegentlich die göttliche Weltordnung gehörig ins Wanken bringen.

Riese

Riesen gibt es in Mythologie, Sagen und Märchen in solch großer Zahl, dass man sich beinahe wundert, nicht täglich mindestens einem von ihnen zu begegnen. Bei den Griechen und Römern handelte es sich dabei zumeist um streitbare Urgeschlechter wie die → Titanen, → Giganten, → Hekatoncheiren oder → Zyklopen. Den alten Germanen galten die Riesen als Widerpart zu den Göttern und Mächten des Lichts.

Auch das Alte Testament (1. Mose 6,1-4) weiß von Riesen zu berichten, die aus der Verbindung zwischen gefallenen Engeln, dort Gottessöhne genannt, und Menschentöchtern hervorgegangen sind und das Unheil in die Welt brachten. Mit einer weiteren Riesengestalt biblischen Ursprungs, Goliath, den David mit seiner Stein-

schleuder niederstreckte, dürfte wohl eher ein erschreckend groß geratener Mensch gemeint gewesen sein.

Gemeinhin sind Riesen in Legenden und Mythen Personifikationen feindseliger Naturelemente wie Unwetter oder eisige Kälte, darüber hinaus auch nicht selten Ausdruck des menschlichen Erklärungsbedürfnisses hinsichtlich der Entstehung und Herkunft gewaltiger Gebirgsmassive, einsam in der Landschaft herumliegender Felsbrocken oder Ähnlichem.

In späteren Volksmärchen und -sagen erlebten die Riesen so etwas wie einen Karriereknick, als sie zu einfältigen, nachgerade tumben Hünen (wie etwa Rübezahl) degenerierten, die, ein wenig Bauernschläue und Unerschrockenheit vorausgesetzt, ohne größere Schwierigkeiten ausgetrickst werden konnten.

Rock

Sagenhafter Riesenvogel aus der persisch-arabischen Märchen- und Sagenwelt. Der Vogel Rock (auch »Rok« oder »Rukh«) hat, alten Legenden und fantastischen Reiseberichten zufolge, seine ursprüng-

liche Heimat auf der Insel Madagaskar. Mit Leichtigkeit verschleppt er Kamele und Elefanten und kann angeblich mit einem einzigen Fußtritt einen Ochsen töten. Das wohl bekannteste Exemplar seiner Gattung dürfte derjenige Rock sein, an dessen Krallen gebunden Sindbad während seiner zweiten Reise eine größere Wegetappe zurücklegte. Generell musste der gigantische Vogel in arabischen Märchen häufig als Transportmittel für Reisende herhalten, was ihn jedoch nie sonderlich störte, da er seine leichtgewichtige Fracht in den seltensten Fällen überhaupt bemerkte.

Satan

Satan (hebr.: Widersacher, Gegner), vermutlich hervorgegangen aus dem Dualismus von Gut und Böse, wie er in der altpersischen Religion gelehrt wurde, war laut den apokryphen Henochbüchern Gottes ursprünglicher Favorit unter den → Engeln, der die Gunst des Schöpfers allerdings damit vergalt, dass er gegen ihn zu revoltieren begann. Dies wiederum rief den → Erzengel Michael (hebr.: Wer ist wie Gott?) auf den Plan, der den frechen Emporkömmling kurzerhand in die Hölle stürzte. Doch anstatt dergestalt abgestraft in sich zu gehen und Buße zu tun, machte Satan dort Karriere, avancierte zum Fürsten dieser Welt und zur ultimativen Verkörperung alles Bösen. Versucher und Verführer, Verderber und zum Prinzip erhobene Sünde, ließ Satan jedoch den Draht zu Gott nie gänzlich abreißen, sondern handelt im Gegenteil bisweilen durchaus mit dessen höchstrichterlichem Einverständnis, wenn es, wie beispielsweise im Falle Hiobs, darum geht, eines Menschen Standhaftigkeit und Glaubensstärke auf die Probe zu stellen.

Nach christlichem Verständnis gilt Satan als Synonym für den → Teufel bzw. als dessen Inkarnation. Einschlägige Darstellungen zeigen ihn meist als Schlange – kurz bevor Maria ihm das Haupt zertritt – oder als → Drache – kurz bevor Michael ihn zur Hölle schickt –, in jedem Fall also kurz vor einem ebenso unangenehmen wie blamablen Abgang. Demgemäß weiß uns die Bibel zu berichten: »Und es ward gestürzt der große Drache, die alte Schlange, die da heißt Teufel und Satan, der die ganze Welt verführt.« (Offb 12,9)

In Literatur, Volkssagen und Schauermärchen sind die Gestalten – menschliche wie tierische –, in denen Satan in Erscheinung tritt, Legion – aber Not macht ja bekanntlich erfinderisch. → Beelzebub, → Belial, → Luzifer, → Mephisto

Satyr(os)

Die Satyrn sind männliche dämonische Mischwesen der griechischen Mythologie und zählen zum bevorzugten Gefolge des Dionysos. Von den Hüften an aufwärts zwar von menschlicher Gestalt – sieht man einmal über die spitzen Ohren und die kleinen Hörner an der Stirn hinweg –, lässt der Anblick ihres Pferdeschweifs und ihrer fellbewachsenen Bocksbeine auch bei wohlwollendster Betrachtung wenig Spielraum für natürliche Erklärungen. Der mit Abstand beliebteste Zeitvertreib der unansehnlichen, gleichwohl rund um die Uhr und zu jeder Jahreszeit lüsternen »Ziegenböcke« besteht darin, → Nymphen sexuell zu belästigen. Satyrn tanzen gern, sind meisterhafte Flötenspieler und berühmt-berüchtigt für ihre Ausgelassenheit und einen mitunter ausgesprochen derben Sinn für Humor. → Faun, → Pan

Schrat

Bereits in mittelalterlichen Texten taucht der Begriff Schrat (auch: Schratt, Schrättele, Schraz; ahd.: Scrat, Scrato) auf und meint ursprünglich einen zotteligen Feld- oder Waldgeist (Waldschrat), der meist in Höhlen haust. Mit der Zeit wurde daraus zunehmend eine Art koboldähnlicher → Hausgeist, der sein Unwesen, häufig als Katze getarnt, vorzugsweise in Ställen treibt. Besonders gern quält er

Pferde, indem er ihnen die Schwänze verknotet oder unauflöslich ihre Mähnen verheddert, doch auch anderes Stallvieh ist vor seinen Übergriffen nicht sicher. Eine weitere Erscheinungsform des Schrats ist im Volksglauben die eines nächtlichen Druck- oder Würgegeistes, der, ähnlich wie die → Drud, Schlafenden schwere Träume beschert und im Extremfall gar den Atem raubt. Zum Glück gibt es diverse Abwehrzauber und Bannsprüche, mittels derer es möglich sein soll, sich diesen Plagegeist vom Hals zu halten.

Seelenparasit

Beim Seelenparasit oder Seelenmonster handelt es sich um ein übernatürliches Wesen, das sich ähnlich dem → Vampir von seinem Opfer nährt, nur dass es selbigem nicht das Blut, sondern die Seele aussaugt, was nicht weniger lästig ist. Häufig unsichtbar und daher meist – falls überhaupt – erst viel zu spät bemerkt, bietet der Seelenparasit wenig Angriffsfläche, während er nach und nach von dem unglücklichen Betroffenen Besitz ergreift und ihm die Lebenskraft entzieht.

Guy de Maupassant führt in seiner 1886/87 entstandenen Novelle *Der Horla* eindrucksvoll einen solchen ebenso unheimlichen wie ungeladenen Mitesser vor Augen, der dort zudem deutliche Parallelen zum → Incubus aufweist.

Seeungeheuer

Legenden und Geschichten über Furcht erregende See- bzw. Meeresungeheuer blicken auf eine lange Tradition zurück, die vermutlich so alt ist wie die Menschheit. Häufig tauchen Monster dieser Couleur in fantastischen Erzählungen von Seefahrern und Reisenden als → Drachen, → Kraken oder → Schlangen auf, die mitunter ganze Schiffe mit Mann und Maus in die Tiefe reißen. Bisweilen wird auch von einem vorzugsweise in größeren stehenden Gewässern zu findenden Ungetüm berichtet, dessen Aussehen an einen Stier oder Bullen erinnert (Seestier).

Wenn Seeungeheuer gerade mal nicht damit beschäftigt sind, die Menschheit in Angst und Schrecken zu versetzen, dümpeln sie meist in irgendwelchen unauslotbaren Tiefen vor sich hin; einige von ihnen, so erzählt man sich, bereits seit Anbeginn der Welt.

Prominente und immer wieder gerne herangezogene Vertreter dieser Gattung sind beispielsweise der → Leviathan, → Skylla und → Charybdis, die → Hydra, das Ungeheuer von Loch Ness oder auch – als im weitesten Sinne neuzeitliche Varianten – Gojira alias Godzilla und der Weiße Hai.

Selkie

Die ursprüngliche Gestalt der Selkies ist die von Seehunden. Nur selten verlassen diese auf den Orkney- und Shetlandinseln sowie an den Gestaden Irlands beheimateten scheuen Wesen ihren angestammten Lebensraum, um sich an Land zu begeben. Dann allerdings sind sie dazu in der Lage, für kurze Zeit ihr magisches Seehundfell abzulegen und menschliche Form anzunehmen. Verlieren sie dieses jedoch bei solchen Exkursionen oder wird es beschädigt oder gar zerstört, so ist es ihnen unmöglich, die Verwandlung umzukehren; Austrocknung, Verfall und baldiger Tod sind die Folge.

Andere Quellen berichten, dass eine weibliche Selkie denjenigen in ihrer menschlichen Gestalt zum Manne nehmen müsse, dem es gelinge, ihr abgestreiftes Fell an sich zu bringen.

In jüngerer Zeit wurden einige dieser Geschöpfe auch vor den Küsten der kalifornischen Kleinstadt Sunnydale gesichtet.

Seraphim

In der jüdischen Überlieferung (Jes. 6,2ff.) umschwebt dieses himmlische Geistwesen den göttlichen Thron und verkündet die Heiligkeit des Herrn. Mit einem Flügelpaar erhebt sich der Seraph in die Lüfte, während zwei weitere Gesicht und Füße bedecken. Manche vermuten hierin ein Symbol der Ewigkeit, die keinen Anfang und kein Ende kennt.

Nach christlichem Glauben bilden die Seraphim den höchsten der neun Engelchöre, der mit den → Cherubim das Trishagion singt. Seraphim werden oft als Mischwesen, als geflügelte Schlangen mit menschlichem Antlitz dargestellt.

Seth

Altägyptische Gottheit (auch: Setech, Sutech) der Verstörung, der Unordnung, des Chaos und der Dunkelheit, auch Gott der Kraft und des Kampfes. Zu Seths vergleichsweise noch harmloseren Untaten zählen gelegentliche heftige Wüstengewitter und -stürme, zu seinen schlimmsten die Ermordung seines Bruders Osiris. Sein mythologischer Erzrivale ist Horus, der Sohn des Osiris, der den üblen Kontrahenten im Kampf entmannte. Darstellungen zeigen Seth zwar in menschlicher Gestalt, doch auf dem Götterhals sitzt stets als untrügliches Erkennungsmerkmal ein Tierkopf, der besonders durch die lang gezogene Schnauze und die hochgestellten Ohren besticht.

Sirene

Fabelwesen der griechischen Mythologie (Töchter des Flussgottes Acheloos und der Muse Terpsichore) mit wechselndem Wohnsitz im

→ Hades, den Gefilden des Himmels oder auf einer Insel des Tyrrhenischen Meeres. Ebendort stehen sie mit Vorliebe am Ufer, um mit ihrem lieblichen und unwiderstehlichen Gesang vorüberfahrende Seeleute anzulocken, die auf dem Eiland nichts anderes erwartet als der sichere Tod.

In der Argonautensage werden die Sirenen als Mischwesen, halb Vögel, halb Jungfrauen, geschildert, denen Jason und seine Männer nur entkamen, weil Orpheus mit seiner göttlichen Leier ganz einfach lauter war als sie. Odysseus indes widerstand dem betörenden Ruf dieser den → Nymphen nicht unähnlichen Meeresdämoninnen, indem er seine Begleiter anwies, sich die Ohren mit Wachs zu verstopfen und ihn selbst – als einen Mann, der stets für neue Erfahrungen offen ist – an den Schiffsmast zu binden.

In Mythologie und Legende werden Sirenen durchaus unterschiedlich beschrieben. Die Palette reicht vom reizenden Mädchen über eine Mischung aus Vogel und Frau – darin den → Harpyien verwandt – bis hin zum Erscheinungsbild der gängigen → Meerjungfrau.

Mit den landläufig ebenfalls als Sirenen bezeichneten Seekühen haben sie allerdings nichts gemein.

Skinwalker

Eine Gestalt aus den Mythen der Indianer, insbesondere der Navajo, die in den Weiten der Prärie ihr Unwesen treibt. Wer eines dieser meist unsichtbaren Wesen zu Gesicht bekommt, sieht sich mit Tierfell und grässlicher Maske konfrontiert und kann so gut wie sicher sein, dass demnächst in seiner Familie irgendein Unglück geschieht. Skinwalker sollen des Nachts mitunter auch einsam Rastende anfallen, doch glücklicherweise gibt es abwehrende Halsketten und Amulette. In einigen Legenden, in denen von ihm als in den Bergen herumspukender Geist eines auf grausame Weise Ermordeten berichtet wird, nimmt der Skinwalker Züge eines → Gespenstes oder → Wiedergängers an. Auch soll er bisweilen fliegen können, vielleicht

Ferdinand Max Bredt, *Sirenen*, 1902

mit ein Grund dafür, dass er gelegentlich als indianische Variante der
→ Hexe oder des Hexers bezeichnet wird. In wieder anderen
Geschichten rückt er deutlich in die Nähe eines → Gestaltwandlers
und Werwesens (→ Werwolf), wobei eine favorisierte »zweite Haut«
die des Koyoten ist, will man den Berichten Glauben schenken.

Skiopoden

In der Dichtung des Altertums und insbesondere der Enzyklopädik des Mittelalters ein sagenhaftes Volk von menschlichen Wesen mit zwar nur einem einzigen, dafür jedoch umso riesigeren Fuß. Dieser ermöglichte den Skiopoden nicht nur, äußerst schnell zu laufen – vielleicht sollte man eher von hüpfen sprechen –, sondern diente ihnen zudem in der glühenden Hitze ihrer vermeintlichen Heimat Äthopien als ausgesprochen nützlicher Schutz vor der Sonne.

Skylla

Falls die Berufsvereinigung der Pförtner und Türsteher noch nach einem antiken Vorbild sucht, so wäre Skylla sicherlich eine heiße Kandidatin.

Heimtückisch und überaus humorlos lauerte dieses Ungeheuer hoch oben in seiner Höhle bei der Meerenge von Messina vorbeifahrenden Schiffen auf und schnappte sich mit seinen sechs reißenden Raubtiermäulern stets ebenso viele Seeleute.

Auch Odysseus und seine Mannen mussten diese ernüchternde Erfahrung machen, die ihre Besatzung auf einen Schlag um ein halbes Dutzend dezimierte. Und als sei das alles noch nicht schlimm genug, hauste Skylla das Meerungeheuer → Charybdis gleich gegenüber…

Es heißt, dass Skylla einst ein schönes Mädchen war, das sich in Glaukos verliebt hatte. Kirke, die ebenfalls hinter dem Meergott her war, verzauberte die unliebsame Mitbewerberin daraufhin in das grässliche menschenfressende Ungetüm.

Sphinx

In der ägyptischen Mythologie ein Mischwesen meist männlichen Geschlechts aus Widder- oder Löwenkörper und Menschenhaupt, nicht selten als Steinbild den Sonnengott Horus verkörpernd oder einen Pharao, dessen Züge es trägt. Sphinxstatuen säumten im alten Ägypten als steinerne Wächter häufig die Prachtalleen, die zu den

Tempelanlagen führten. Das bekannteste Sphinxmonument ist ca. 20 m hoch und 57 m lang und bei den Großen Pyramiden von Gizeh zu finden. Auch nichtägyptische Hochkulturen wie die der Assyrer oder Hethiter ließen den einen oder anderen Palast von Sphinxfiguren bewachen.

In der griechischen Mythenwelt wurde aus Herrn Sphinx endgültig Frau Sphinx, was sich u. a. darin niederschlug, dass das Menschenhaupt ein Frauenkopf war; der Löwenrumpf blieb, nun jedoch geflügelt und mit weiblichen Brüsten veredelt, der Widder wurde ersatzlos gestrichen. Hier nun war sie Tochter → Echidnas und → Typhons sowie Schwester von → Chimäre, → Hydra und → Zerberus.

Die griechische Sphinx zeigte sich weit weniger umgänglich als ihr ägyptisches Pendant. Als mordlüsterner Dämon belästigte sie, auf einem Felsen bei Theben sitzend, alles was vorüberzog und zwei Beine hatte sinnigerweise mit einem Rätsel über Füße (»Was ist am Morgen vierfüßig, zu Mittag zweifüßig, am Abend dreifüßig?«). Anders als in neuzeitlichen Quizshows bezahlten erfolglose Kandidaten die falsche Antwort mit dem Leben, sprich: sie wurden von ihr getötet und verschlungen. Rätselkönig wurde schließlich Ödipus, der die Lösung fand (»der Mensch«). Die Reaktion der Sphinx auf dessen richtige Antwort mag allerdings übertrieben gewesen sein: Sie stürzte sich von ihrem Felsen in den Abgrund und lieferte damit eine frühe Bestätigung des Naturgesetzes, dass Quizmaster kommen und gehen.

Striga

Im römischen Aberglauben ein nächtlicher Dämon von vogelartiger Gestalt, der Kinder raubt, um sich von ihrem Blut zu nähren. In der italienischen Märchen- und Legendenwelt entsprechen Strigen (ital.: strega = die Kreischende) alten, garstigen Weibern, die sich des Nachts verwandeln und als → Hexen ihr Unwesen treiben.

Succubus

Aus dem Mittelalter stammende Bezeichnung (von lat.: succumbere = darunterliegen, sich beschlafen lassen) für eine lüsterne weibliche Dämonengestalt, die schlafende Männer heimsucht und ihnen an die sprichwörtliche Wäsche geht.

Wie sein männliches Gegenstück, der → Incubus, stand der Succubus zur Zeit der Inquisition und Hexenverfolgung in dem wenig – oder doch zumindest nur für manche – erotisierenden Ruf, eine der zahlreichen Manifestationen des → Teufels zu sein, der, quasi unter dem Deckmantel feuchter Träume, inkognito den Beischlaf mit den Menschen vollzog.

Susanoo

Shintoistischer Gott des Sturmes und Beherrscher des Meeres. Der »Ungestüme Mann«, wie er auch genannt wird, vollbrachte manche Heldentat, darunter die Exekution des sagenhaften Drachen Koshi. Seine weiterer Zuständigkeitsbereich als Herr des Gewitters mag dazu beigetragen haben, dass er im Verlauf seiner Karriere auch zum Schutzgott der Liebe und der Ehe avancierte.

Tartaros

Die der griechischen Mythologie entstammende Bezeichnung für den tiefsten Bereich des → Hades, einen unauslotbaren und durch Mauern und eherne Gitter verschlossenen Abgrund, in dem ewige Finsternis herrscht. Hierher wurden Dämonen, Frevler und Ungerechte verbannt, und hier kerkerte Zeus u. a. die → Titanen ein, die sich einst gegen die Götter des Olymp erhoben hatten. Vielfach wird der Tartaros auch mit dem Hades gleichgesetzt.

Darüber hinaus ist Tartaros als mythologische, urzeitliche Gestalt die Personifikation des Totenreiches, Sohn der Erdenmutter → Gaia und gleichzeitig Vater ihrer Kinder → Echidna und → Typhon.

Tatzelwurm

Geschichten über dieses sagenhafte Untier finden sich vor allem in den Volkslegenden und Mythen einiger Alpenregionen. Der echsen- oder schlangenähnliche Tatzelwurm (auch: Beißwurm, Stollenwurm) besitzt eine Länge von etwa einem halben Meter, verfügt über ein stummelartiges klauenbewehrtes Paar Beine und zeichnet sich unter anderem durch eine beachtliche Sprungfähigkeit aus. Sein Kopf ähnelt Angaben von Zeugen nach, die ihm begegnet sind, vage dem einer Schlange, in einigen Landstrichen, so wird von anderen Bergbewohnern behauptet, eher dem einer Katze. Die jüngsten Berichte über vermeintliche Sichtungen dieses Mischwesens stammen noch aus der Mitte des 20. Jhs. Beim Angriff richtet sich der Tatzelwurm zu voller Größe auf und stößt neben schrillen, hohen Pfeiftönen auch gleich noch seinen giftigen Brodem aus, um dann in Windeseile Fersengeld zu geben. Das äußere Erscheinungsbild dieses ebenso gefährlichen wie heimtückischen Kindes der Alpen lässt eine entfernte Verwandtschaft zum → Drachen erahnen.

Teufel

Der Teufel (abgeleitet von griech.: diabolos = Verleumder, Verwirrer, Entzweier; lat.: diabolus) ist die Personifizierung der dem Schöpfergott antithetisch gegenüberstehenden Macht. Als Prinzip des Bösen geht er auf den alttestamentarischen → Satan, den »Widersacher« Gottes (respektive → Luzifer, der »Lichtbringer«) zurück, der, nach seinem wenig ruhmvollen Karriereknick als gefallener → Engel mit Anführerqualitäten, die Unterwelt aufmischte.

Ist der Teufel nach alter christlicher Lehre eine die Menschheit permanent in Versuchung führende Größe eher geistiger Art, vor der im Übrigen die katholische Kirche nicht müde wird, uns auch heute noch in aufrichtiger Sorge zu warnen, so erweist er sich in den Volkslegenden und -sagen als wahrer Verwandlungskünstler, wenn es darum geht, körperliche Gestalt anzunehmen. Taucht er zu Anfang noch vergleichsweise beständig als flügelbewehrtes vogelartiges Scheusal auf, zu dessen Krallen und Schnabelfratze sich bald schon die dem griechischen Hirtengott → Pan bzw. dem römischen → Faun entliehenen Markenzeichen Bocksfüße, Schwanz und Hörner gesellen, so wechselt er mit zunehmender Professionalität die äußere Erscheinungsform wie seine Opfer die Socken. Hier als Kröte, dort als → Drache, heute als Katze und morgen als Hund, nichts Tierisches ist ihm fremd, solange es nur keine Taube oder ein Lamm ist, denn diese beiden Spezies waren und sind ihm mit Blick aufs Göttliche gar zu symbolbeladen. Und er wäre nicht der Teufel,

wenn er sein Repertoire nicht auch auf menschliche Gestalten aus-
geweitet hätte. Kurz: Er kann alles und jeder sein – obwohl auch er
seine favorisierten Bühnenfächer hat (z. B. Galan, Jägersmann, Sol-
dat, Bauer, Reisender oder schönes Mädchen). Einziges Problem
sind die erwähnten Hörner, Bocksfüße und der Schweif, doch auch
diese verräterischen Merkmale weiß er meist geschickt zu verbergen.
Im Volksglauben des Mittelalters lugte er, mal mehr, mal weniger
burlesk, quasi hinter jeder Ecke hervor und brachte den braven Bür-
gern nichts als Verdruss.

Ein Grund für die Hochkonjunktur des Teufelsglaubens gerade im Mittelalter ist fraglos in dem zeitgleich grassierenden Hexenwahn (→ Hexe) zu sehen; beide standen in engem und unmittelbarem Zusammenhang, wie zahlreiche Hexenprozesse belegen. Doch was der Hexe der Scheiterhaufen, ist dem Teufel das Weihwasser, das er sprichwörtlich mehr scheut als alles andere auf der Welt. Auch Gebete und hektisch geschlagene Kreuzzeichen sind ihm zuwider, sodass es dem Frommen, der den bösen Verführer gewiss sogleich durchschaut, ein Leichtes sein sollte, ihn in die Flucht zu schlagen.

Andere, wie Doktor Faustus (→ Mephistopheles), gingen stattdessen einen Pakt mit ihm ein, von dem sie sich einen wie auch immer gearteten Vorteil versprachen. Sie entsprechen damit in etwa jenen Menschen der Neuzeit, die nie das Kleingedruckte lesen, denn häufig waren mit einem solchen Vertrag Auflagen verbunden, welche die Freude über die erhaltene Leistung empfindlich schmälerten. Manch einer hat dabei sogar seine Seele verloren.

In Märchen und Sagen wird andererseits von Fällen berichtet, in denen der Teufel am Ende der Dumme war und von seinem Geschäftspartner nach allen Regeln der Kunst ausgetrickst wurde. Doch erstens handelt es sich, wie gesagt, um Märchen und Sagen, zweitens gehört zu einem solchen Wagnis ein gehöriges Maß an Bauernschläue, und drittens sollte man den Teufel nicht unterschätzen. Generell muss wohl jeder für sich selbst entscheiden, ob ihm sein Seelenheil das Risiko wert ist. Jedenfalls steckt, wie so oft, auch hier der Teufel im Detail. → Beelzebub

Titanen

In der griechischen Mythologie sechs stattliche Söhne (Okeanos, Koios, Krios, Hyperion, Iapetos, Kronos) und sechs nicht minder hochgewachsene Töchter (Thetys, Phoibe, Eurybie, Theia, Klymene, Rheia) der → Gaia und des Uranos sowie Geschwister der → Hekatoncheiren und → Zyklopen. Unter Führung von Kronos, dem jüngsten von ihnen, erhoben sie sich gegen ihren Vater, den Himmelsgott, und befreiten die Hekatoncheiren und Zyklopen aus dem → Tartaros, in den Uranos sie verbannt hatte. Kronos folgte wenig später diesem Beispiel und schickte die Brüder eben dorthin zurück. Was ihm jedoch wenig nützte, denn Zeus verhalf ihnen erneut zur Freiheit, versicherte sich ihrer Unterstützung und zog in einem zehn Jahre währenden »Kampf der Titanen« (Titanomachie) gegen Kronos & Co. zu Felde. Am Ende sah dieser sich selbst in den Tartaros gestürzt.

Tod, der

Abgesehen davon, dass der Tod in erster Linie das Ende des Lebens bedeutet, und ungeachtet diverser Versuche einer Graduierung dieses Phänomens durch Kategorien wie klinisch tot, faktisch tot, halb, schein- oder mausetot, kennt man den unliebsamen Gevatter aus zahlreichen Volkslegenden und Märchen als stets ausgebuchten Handlungsreisenden in Sachen Abberufung. Ihm obliegt die undankbare Aufgabe, die Menschen, so denn ihre Zeit gekommen ist, heimzuholen – wohin auch immer.

Meist wird der Tod als Sensenmann bzw. Schnitter dargestellt, bisweilen kommt er auch als unheilvoller Reiter oder grinsendes Knochengerippe daher. Vor allem in letztgenannter Gestalt erscheint er in vielen mittelalterlichen Totentänzen, wo er in Bild und Wort der Reihe nach Vertretern aller Stände – vom Bettler und Handwerksmann bis hin zum König und zum Papst – seine Aufwartung macht und sie allesamt, ohne Rücksicht auf Ansehen, Würde oder Alter, mit sich nimmt.

Nicht zufällig fällt das sich hier ausdrückende Grundmotiv der Gleichheit vor dem Unabwendbaren zeitlich mit dem Wüten des Schwarzen Todes, der Pest, in Europa zusammen. Als bekannteste Beispiele seien der Danse Macabre am Kirchhof SS. Innocents in Paris (entstanden 1424, zerstört 1529; 1485 als Holzschnittfolge verlegt) und der Groß-Baseler Totentanz am Kirchhof der Dominikaner in Basel (Mitte des 15. Jhs.) genannt.

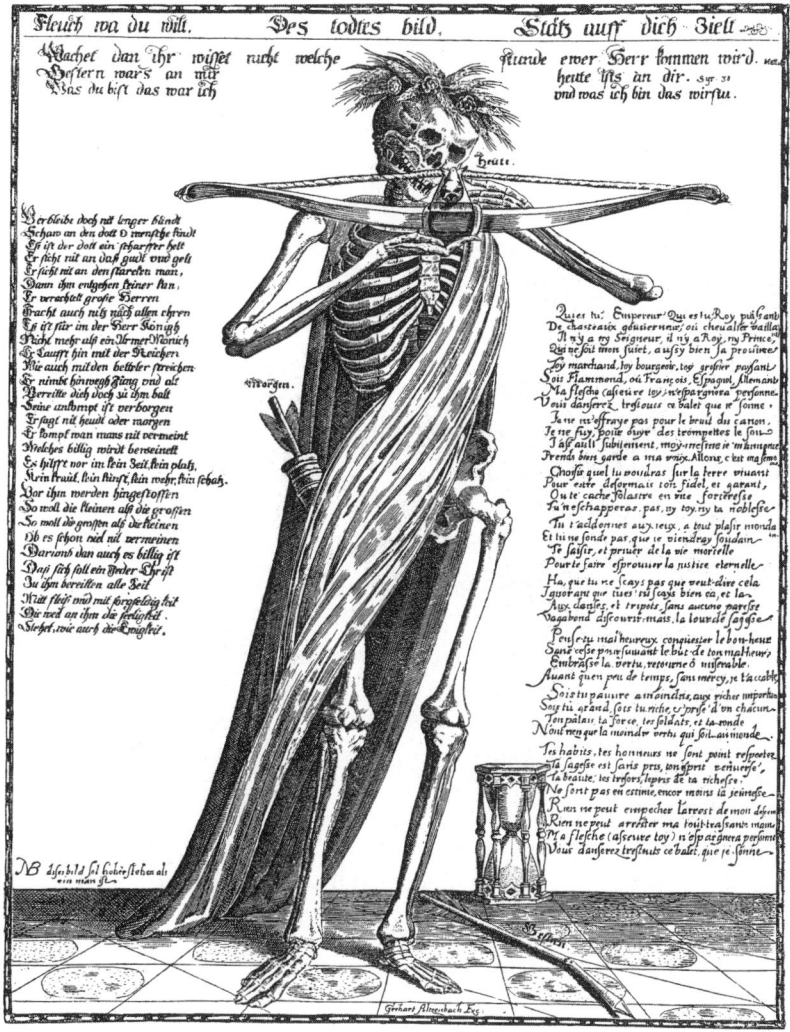

Im slawischen und romanischen Sprachraum taucht der personifizierte Tod zumeist als nicht minder furchteinflößende Frauengestalt auf, was auf den diesen Sprachen eigenen femininen Gebrauch des entsprechenden Substantivs zurückzuführen ist.

Troglodyten

Als Troglodyten bezeichnete die antike Welt wundersame Völker, die angeblich in Höhlen hausten. Namentlich in Äthiopien – so berichtet Herodot – sollen sie gelebt haben, Läufer von ungeheurer Kraft und Geschwindigkeit, die sich in der Hauptsache von Schlangen und Eidechsen und ähnlichen Kriechtieren ernährten und deren Stimmen wie das Kreischen von Fledermäusen geklungen haben soll. Und auch Plinius der Ältere wusste in seinen *Naturalis historiae* von ihnen glaubhaft Zeugnis abzulegen. Noch in der mittelalterlichen Enzyklopädik werden die schnellfüßigen, keulenschwingenden und wegen ihres unverständlichen Zischens gleichermaßen stummen Troglodyten als eines der staunenswerten Wundervölker dieser Erde geführt.

Troll

Dem nordischen Sagenkreis und Volksglauben entstammende nachtaktive, weil tagsüber ihrer unheilvollen Zauberkräfte beraubte Naturdämonen und Unholde, die unter dem Einfluss von Sonnenlicht mitunter sogar zu Stein erstarren. Ihre Hauptattribute sind rasch aufgezählt: dumm, hässlich und gemein. In der Folklore werden sie häufig auch als boshafte und geistig zurückgebliebene Variante der → Elfen gesehen.

Diese tumben Gesellen bevölkern die Welt skandinavischer Märchen und Legenden in den verschiedensten Ausführungen: Es gibt Bergtrolle, Höhlentrolle, Waldtrolle, Baumtrolle, vermutlich jedoch keine Kontrolle. Sie tauchen sowohl in Gestalt von → Riesen wie von → Zwergen auf, aber sicher kann man sie auch in mittlerer Größe bekommen.

Eines besonders hohen Bekanntheitsgrads erfreuen sich die Bergtrolle der *Peer-Gynt*-Sage (von Henrik Ibsen 1867 zu einem dramatischen Gedicht verarbeitet) sowie die komplett hirnlosen und zum Kannibalismus tendierenden Trollriesen in J.R.R. Tolkiens *Herr der Ringe*.

Typhon

Ein riesiger und Grauen erregender hundertköpfiger → Drache der griechischen Mythologie, gezeugt von → Gaia und → Tartaros und späterhin, unter inzestuöser Beteiligung → Echidnas, Vater solch berühmt-berüchtigter Sprösslinge wie → Chimäre, → Hydra, → Sphinx und → Zerberus. Zudem gilt Typhon als der Vater verheerender Stürme, weshalb er in der altägyptischen Vorstellung häufig mit → Seth in Verbindung gebracht wurde.

Zwischen dem urzeitlichen Typhon und Zeus kam es nach endlosem Gerangel schließlich zu einem spektakulären Kampf, bei dem der Göttervater mit Blitzen und Typhon gleich mit ganzen Bergen um sich warf. Gleichwohl zog Letzterer bei diesem Showdown den Kürzeren. Zeus bezwang das monströse Geschöpf, schleuderte es in die Unterwelt hinab und verpasste ihm den Ätna als Grabstein. Seither künden die Aktivitäten des sizilianischen Vulkans von Typhons schwelendem Zorn.

Überzählige, der

Der Überzählige ist niemand anderer als der Teufel höchstpersönlich, der sich unerkannt unter eine Gruppe Kartenspieler oder Tänzer mischt, um einen von ihnen in die Hölle mitzunehmen.

Man geht davon aus, dass die Figur des Überzähligen vom Klerus gegen die sündige Spiel- und Vergnügungssucht der Menschen ins Feld geführt wurde; eine erzieherische Maßnahme sozusagen und eine Vorstellung, die schnell Eingang in den Volksglauben fand.

Uruk-hai

Die wohl bekannteste Rasse von → Orks aus J.R.R. Tolkiens *Herr der Ringe*. Die Uruk-hai, auch »Schwarze Uruks« genannt, zeichnen sich dadurch aus, dass sie hervorragende und wenig zimperliche Kämpfer sind und zudem gerade genug Initiative besitzen, um als Hauptleute für niedere Orkkreaturen eingesetzt werden zu können. In etwa von der Größe eines Menschen, verfügen sie über einen immens kräftigen Körperbau, was sie indes nicht weniger unansehnlich und abstoßend macht.

Vampir

»Ein Vampir wird im allgemeinen als übermäßig groß und hager, mit abstoßendem Äußeren und Augen beschrieben, in denen das rote Feuer der Verdammnis glüht. Hat er jedoch seine Lust auf warmes Menschenblut gestillt, wird sein Körper grausig aufgebläht und gedunsen, als wäre er ein großer, bis zum Platzen vollgesogener Blutegel. Kalt wie Eis oder auch fiebrig und brennend wie glühende Kohlen, ist die Haut totenbleich, doch die Lippen sind sehr voll und schwellend, schmatzend und rot; die Zähne weiß und glänzend und die Fangzähne, die er tief in den Hals seiner Beute schlägt, um dort die Lebensströme zu saugen, welche seinen Körper neu beleben und all seine Kräfte stärken, scheinen bemerkenswert scharf und spitz.«

Diese Beschreibung von Vampiren aus der Feder des britischen Okkultisten Montague Summers (1880 – 1948; zitiert nach Norbert Borrmann), lässt bereits erahnen, dass es in den landläufigen Vorstellungen, die über diese Dämonen der Nacht herrschen, mindestens ebenso viele voneinander abweichende Aussagen wie Übereinstimmungen gibt. Sowohl was die mythologischen und dem Volksglauben entstammenden »Ahnen« dieser Kreaturen anbelangt als auch in etymologischer Hinsicht existieren durchaus unter-

Anonymus, *Vlad Tepes speist unter den Gepfählten*, um 1500

schiedliche Ansätze und Auffassungen. Lässt man den »klassischen« Vampir, von dem noch zu sprechen sein wird, zunächst außen vor, so weisen zahlreiche Gestalten verschiedener Mythenwelten blutsaugerische oder wiedergängerische (→ Wiedergänger) Qualitäten auf. Häufig werden in diesem Zusammenhang die altisraelitische → Lilith oder die griechischen → Lamien genannt, doch in beiden Fällen handelt es sich nicht eigentlich um Untote. Gleiches gilt für → Incubus und → Succubus, die es zwar ebenfalls auf den besonderen Lebenssaft ihrer Opfer abgesehen haben, jedoch eher als Verwandlungsgestalten des → Teufels gelten denn als ihren Gräbern entstiegene Nachtgänger. Festzuhalten ist, dass Wesen mit zumindest vampirartigen Zügen bereits die Ängste der Menschheit schürten, als noch niemand von Vampiren überhaupt gehört hatte. Ihnen allen gemein ist allerdings ihr grundsätzlich parasitäres Verhalten, eine Untugend, die auch dem neuzeitlichen Vampir zu eigen ist. Viele alte Berichte und Quellen sagen Vampiren die Fähigkeit nach, sich vorübergehend verwandeln zu können, weniger talentierte Blutsauger in Ratten, Mäuse, Raben, Fledermäuse oder Wölfe und ähnliches Getier, mittelprächtig begabte in eine erschreckende Nebelgestalt und die besten unter ihnen gar in alles nur Erdenkliche, wobei die Stärke dieser Fähigkeit meist mit dem Alter wächst. Diese Vorstellung rückt den Vampir in die Nähe des → Werwolfs und anderer → Gestaltwandler. Hinzu kommt das Phänomen, dass in der Tat manche Leichname sich auch nach als angemessen zu betrachtender Zeit der Verwesung mehr oder weniger erfolgreich widersetzten und einen gewissen Anschein von Vitalität bewahren. Friedhelm Schneidewind bietet in Anbetracht der nicht genau benennbaren Wurzeln des Motivs sowie der Fülle von Kreaturen aus Mythen und Legenden, die dem neuzeitlichen Blutsauger ähnlich und/oder verwandt zu sein scheinen, jedoch eher zu einer allgemeinen Verwirrung als zur Klärung des Gegenstandes beitragen, folgende Definition des Vampirs an: »Ein Vampir im strengen Sinne ist ein Verstorbener, der sein Grab verläßt, um Lebenden Blut auszusaugen. Ein Vampir im allgemeinen Sinne ist ein ehemaliger Mensch, der entweder nach seinem Tode in menschlicher Gestalt weiterexistiert oder aber seine Existenz über das natürliche Maß hinaus verlängert bzw. das Altern aufhält, jeweils indem er sich der Lebenskraft lebender Menschen bedient.«

Ähnliche Unsicherheit herrscht über die Herkunft des Begriffes. Während einige Quellen als Ursprung auf das serbokroatische »upirina« (= Gespenst, Ungeheuer) verweisen, führen andere das makedonische Wort »opyr« (= fliegendes Wesen) an, aus welchem in den slawischen Sprachen upiry, vapir, vanpir und im 18. Jh. in Deutschland über Vampyr schließlich Vampir wurde. Dieser Terminus erlangte in der Folgezeit in Westeuropa als Bezeichnung für blutdurstig auf Erden wandelnde Untote allgemeine Gültigkeit.

Der »klassische« Vampir, wie wir ihn heute kennen, verdankt seine Popularität zweifellos Bram Stoker (1847 – 1912), der ihm mit seinem 1897 erschienenen Roman *Dracula* (1897) zu weltweitem Ruhm verhalf. Namensgeber und historische Vorlage war der in Transsilvanien (Siebenbürgen) lebende Fürst Vlad Tepes Draculea bzw. Dracula (1431 – 1476/77), der »Pfähler«. Den Beinamen Draculea erhielt er durch seinen Vater, der sich, nachdem er 1431 vom deutschrömischen Kaiser Sigismund II. in den Drachenorden aufgenommen worden war, Vlad Dracul (von lat.: draco = der Drache) nannte. Draculea als Verkleinerungsform wies Vlad Tepes als »Sohn des Drachen« aus, doch in Anbetracht der Grausamkeiten, die er in den Jahren seiner Herrschaft beging, wurde das Wort wohl eher in der ihm außerdem zukommenden Bedeutung verstanden (Dracul kann im Rumänischen auch »der Teufel« bedeuten, Draculea/Dracula also »Sohn des Teufels«). Auf bestialische Weise ermordete Vlad Tepes Tausende von Menschen, ließ sie pfählen, hängen, enthaupten, rädern, verbrennen, in siedendes Öl werfen und unter endlosen Foltern leiden. Auch soll er seine Widersacher zu Kannibalismus, bei dem es nicht selten um die allernächste Verwandtschaft ging, gezwungen haben. Seine Brutalität und sein sadistischer Erfindungsreichtum kannten weder Grenzen noch Erbarmen. Die Dunkelziffer seiner Opfer beläuft sich auf über 100.000 Menschen. Zum Jahreswechsel 1476/77 soll er von einem Türken umgebracht und sein Haupt, in Honig konserviert, dem Sultan Mehmed II. übersandt worden sein. Dennoch hält sich vielerorts bis zum heutigen Tage hartnäckig das Gerücht, dass er als Vampir nach wie vor sein Unwesen treibe.

Stokers Dracula darf wohl mit Fug und Recht als der Prototyp des heutigen Vampirs bezeichnet werden, und dem Entwurf folgten eine ganze Reihe von Vorstellungen, die das oft klischeehafte Bild des gefürchteten Blutsaugers nachhaltig prägten. Der gemeine Vampir, wie er uns in Horrorliteratur und Filmen immer wieder begegnet, hat eine ausgeprägte Abneigung gegen das Sonnenlicht, gegen fließendes Wasser, Kreuzzeichen, Weihwasser, Knoblauch und Gebete, weiß nie, ob seine Frisur richtig sitzt, da er über kein Spiegelbild verfügt, schläft tagsüber in dunklen Unterschlüpfen, unter der Erde oder in einem Sarg – neben dem Umstand, dass er eigentlich tot ist, die Ursache für seinen ziemlich ungesunden Teint –, verfügt über unnatürliche Stärke und Widerstandskraft, braucht weder Luft noch Nahrung (abgesehen vom Blut seiner Opfer), ist ein ausgesprochener Leisetreter und darüber hinaus selten sehr gesprächig. Sein ultimativer Sargnagel besteht aus einem Pflock, von beherzter Hand in Höhe des Herzens durch die vampirische Brust getrieben. Wer ganz sichergehen will, schlägt ihm – ganz wie anno dazumal angeblich bei Vlad Tepes praktiziert – am besten das Haupt ab.

Einen immensen Karriereschub erfuhr der Vampir Marke Graf Dracula, als sich die Filmindustrie seiner annahm. Die erste Verfilmung des Stoffes entstand 1921/22 unter der Regie Friedrich Murnaus, der aus rechtlichen Gründen seinem Kinde den Namen Nosferatu (*Nosferatu – Eine Symphonie des Grauens*) gab und den Ablauf sowie die Schauplätze der Geschichte leicht veränderte. Dafür jedoch machte Max Schreck, der die Hauptrolle spielte, seinem Namen alle Ehre. Ein Remake dieses Klassikers (*Nosferatu – Phantom der Nacht*) wurde 1978 mit Ekel vom Dienst Klaus Kinski in der Hauptrolle von dessen gepeinigtem Regisseur Werner Herzog abgedreht. Tod Browning führte die Regie bei *Dracula* (1930), der dargestellt wurde von dem unvergesslichen Bela Lugosi. Im gleichnamigen Film von Terence Fisher aus dem Jahre 1958 übernahm der galante Christopher Lee die Rolle des kaltblütigen Grafen. Zu den literarischen Wurzeln zog es 1992 Francis Ford Coppola zurück (*Bram Stoker's Dracula*), neues Leben hauchte dem Grafen diesmal Berufsbösewicht Gary Oldman ein. Insgesamt existieren bislang schon über 400 Filme, die sich mit diesem Vampir befassen, sie alle aufzuzählen wäre ebenso müßig wie in den meisten Fällen zu viel der Ehre. Immerhin steht diese Zahl für das rege Interesse, das die Welt am Schicksal alten Adels nimmt.

Bereits ein Vierteljahrhundert vor Erscheinen von Stokers *Dracula* legte Sheridan Le Fanu in einer Sammlung von Erzählungen (*Dunkel in einem Spiegel*; 1872) unter dem Titel *Carmilla* die Geschichte eines lesbisch veranlagten weiblichen Vampirs vor, eine Geschichte, die auch Bram Stoker kannte und schätzte. Oft herbeizitiert, um vor allem das sexuelle Element hervorzuheben, welches das Sujet in sich birgt, gilt dieses Werk als eine der herausragenden Vampirgeschichten der Weltliteratur. Insgesamt herrscht in Fachkreisen unangefochtene Übereinstimmung darüber, dass dem Wesen des Vampirs – insbesondere dem Biss eines solchen – eine erotische Komponente nicht nur nicht abzusprechen, sondern vielmehr grundsätzlich zu eigen ist, was sich – am Rande bemerkt – ebenso auf die eingangs erwähnten Incubi, Succubi, Lamien und ähnliche Blutsauger »prädraculaischer« Zeit übertragen lässt. Auch Guy de Maupassants Novelle *Der Horla* (1886/87) sei in diesem Zusammenhang genannt, gleichwohl sie nicht von einem Blutsauger im eigentlichen Sinne handelt (→ Seelenparasit).

Vampirismus in seiner wohl bedenklichsten Form stellt die so genannte Hämatodipsie dar. Menschen mit dieser abnormen Veranlagung – in der Sexualpathologie als »Lebende Vampire« bezeichnet –

erreichen den Zustand sexueller Erregung auschließlich beim Anblick, Geruch oder Geschmack von Blut, dessen Genuss häufig den Geschlechtsverkehr ersetzt. Fälle von unter Hämatodipsie leidenden Massenmördern sind in erschreckender Zahl dokumentiert. Einer der bekanntesten und aufsehenerregendsten war der des 1879 geborenen und 1925 hingerichteten homosexuellen Serienkillers Fritz Haarmann, dem »Vampir von Hannover«, der seinen Opfern, ohne Ausnahme junge Männer, die Kehle durchbiss und die Leichen anschließend in der eigenen Metzgerei entsorgte.

Dämonen und Schreckensgestalten mit zumindest vampirähnlichen Zügen sind in den Mythen und im Volksglauben fast aller Kulturen der Welt zu finden, so beispielsweise der japanische → Oni, die dem orientalischen Raum entstammenden → Ghule, die römische → Striga oder auch die schon mehrfach herbeibemühte griechische → Lamia. Einen kleinen Einblick mag die in den Anhang dieses Buches gestellte Auflistung verschaffen, in der einige dieser Kreaturen zusammengetragen wurden (s. S. 157, Appendix I).

Im Übrigen kann es nicht schaden, stets einen Pflock bei sich zu tragen. Aus Kalifornien wird von einer Gruppe Jugendlicher berichtet, die, allen voran eine forsche junge Dame, deren Kompetenz völlig außer Frage steht, einhellig beteuern, dass diese Maßnahme mehr ist als ein Modegag – man wisse ja schließlich nie...

Wechselbalg

Der Wechselbalg kann, wenn man so will, als das Kuckucksei in der Welt der Ammenmärchen und Volkslegenden bezeichnet werden. Es handelt sich um ein Kind, das einer Mutter anstelle des eigenen Säuglings von Geisterwesen oder anderen dämonischen Geschöpfen untergeschoben wurde. Meist zeichnet sich ein solcher Wechselbalg durch Missgestaltung und stagnierende Entwicklung aus; er schreit fast ohne Unterlass und besitzt einen nahezu unstillbaren Appetit.

Verhindern lässt sich der infame Kindestransfer angeblich durch Amulette und ähnliche Präventivmaßnahmen, wenngleich es eine Garantie für deren Wirksamkeit nicht wirklich gibt. Einmal im Kinderbett, lässt sich der Wechselbalg nur schwer wieder umtauschen. Dem Volksglauben nach soll es allerdings einige effektive Methoden geben, den »Kuckuck« zur Rücknahme zu zwingen, beispielsweise indem man den kleinen Unhold zum Lachen oder zum Sprechen bringt, ihn gehörig piesackt oder einfach mal so richtig verblüfft. Hier sind der Phantasie der Erziehungsberechtigten keine Grenzen gesetzt. Allen weniger experimentierfreudigen Eltern sei tröstend gesagt, dass auch ein hässliches und dummes Kind seine Sonnenseiten haben kann und darüber hinaus nicht gleich ein Wechselbalg sein muss.

Wendigo

Der Wendigo (Windigo, Witiko) ist ein den Mythen und Legenden der Indianer Nordamerikas entstammender bösartiger und äußerst brutaler Naturdämon. Vorzugsweise treibt er sich in den endlosen  Wäldern Kanadas herum, wo er Jagd auf Menschen macht, welche auf seinem Speiseplan ganz oben stehen. Ähnlich wie beispielsweise der → Werwolf zählt er zur Familie der → Gestaltwandler: Tagsüber als Mann oder Frau erscheinend, mutiert er des Nachts entweder zu einem bis zu drei Meter großen, gespensterartigen Knochengerippe aus hartem Eis oder zu einem haarigen Ungetüm mit riesigen Fängen und tödlichen Klauen. Die Augen des Wendigos erinnern an ein Paar rot glühender Kohlen, und der Dynamikumfang seiner Geisterstimme reicht angeblich von leisem Flüstern bis hin zur Lautstärke eines startenden Düsenjets.

Als pelziges Untier kommt der Wendigo in zahlreichen modernen Medien vor, so in Büchern, Rollen- und Computerspielen. Eine der bekanntesten literarischen Adaptionen findet sich in Algernon Blackwoods Geschichtensammlung *Das leere Haus*, die u. a. eine Story mit dem Titel *Der Wendigo* (1910) enthält.

Werwolf

Als Werwolf (Lykanthropos, Loup garou) werden Menschen bezeichnet, die sich nachts in reißende Wolfsbestien verwandeln und umherstreifen, um sich die Bäuche mit Menschenfleisch und -blut voll zu schlagen. Das Wort Werwolf leitet sich vom ahd. »wêr« (= Mann; lat.: vir) ab, bedeutet mithin also »Mannwolf«, woraus ersichtlich wird, dass es sich bei dieser bemerkenswerten Spezies um eine reine Männergesellschaft handelt.

Der Glaube an die so genannte Lykanthropie (von griech.: lycos = Wolf, anthropos = Mensch), an Menschen also, die sich zu bestimmten Zeiten oder unter besonderen Umständen in Wölfe – oder auch andere Kreaturen – verwandeln, verweist in die früheste Menschheitsgeschichte, als prähistorische Jäger sich noch als wilde Tiere verkleideten, um auf diese Weise an deren Kraft und Stärke zu partizipieren. Das wohl früheste überlieferte Beispiel für die Ver-

wandlung eines Menschen in einen Wolf, an der, am Rande bemerkt, eine Göttin nicht ganz unschuldig war, findet sich im babylonischen *Gilgamesh-Epos*. Etliche Jahrhunderte später berichtet Herodot von den Neuerern, die Griechen wie Skythen gleichermaßen für Zauberer hielten und denen nachgesagt wurde, dass sie für einige Tage des Jahres die Gestalt von Wölfen annähmen. Und Ovid macht uns in seinen *Metamorphosen* u.a. mit dem arkadischen König Lykaon bekannt, der von Zeus in eben das gleiche Tier verwandelt wurde, da er den Frevel beging, den Göttern Menschenfleisch aufzutischen.

Weite Verbreitung fand der Glauben an Lykanthropie im Mittelalter, geschürt nicht zuletzt durch die Kirche, die jeden Hinweis auf Satanswerk und Trugbilder des → Teufels dankbar aufgriff und nicht mit Gegenmaßnahmen geizte. Die Chance, von der Heiligen Inquisition als Werwolf enttarnt und verurteilt zu werden, war beinahe ebenso groß wie die Wahrscheinlichkeit, sich eines schönen Morgens auf irgendeinem soeben entfachten Scheiterhaufen als → Hexe wiederzufinden. Zahlreiche Berichte über Werwolfprozesse und Geschichten über vermeintliche Lykanthropen sind aus dieser Zeit dokumentiert.

Dem Volksglauben nach kann die zeitweilige Verwandlung in einen Werwolf verschiedene Ursachen haben. Sagen und Geschichten berichten von Menschen, die diesen Akt der Selbstaufgabe unter Zuhilfenahme magischer Mittel (Zaubersprüche, Salben, Kleidung – häufig Gürtel – aus Wolfsfell u. ä.) bewerkstelligten. Bei anderen zeitigt indes der Einfluss des Vollmonds das gleiche Ergebnis. Auch der Biss eines Werwolfs führt unweigerlich zur Mutation, und wer einen Lykanthropen seinen Vorfahren nennt, hat ohnehin mit dem Schlimmsten zu rechnen. Glücklicherweise deckt das Morgengrauen den Mantel des Vergessens über etwaige nächtliche werwölfische Schlemmereien, sodass die betroffene Person sich zumindest nicht mit Gewissensbissen herumplagen muss.

Wer häufig in von Werwölfen heimgesuchten Gegenden unterwegs ist, sollte auf Nummer Sicher gehen und stets eine mit Silberkugeln geladene Pistole mit sich führen. Angeblich reagieren Werwölfe, denen im Allgemeinen ziemlich schwer beizukommen ist, auf dieses Metall ausgesprochen allergisch. Drei Treffer sind allerdings mindestens nötig, es sei denn, man trifft den Loup garou gleich beim ersten Mal mitten ins Herz. Rein theoretisch lässt sich der gemeine Lykanthropos auch mit einer silbernen Stichwaffe erlegen, doch ein Nahkampf erhöht das Risiko beträchtlich. Ein getöteter

Werwolf nimmt wieder die Gestalt des Menschen an, der er einmal war; das Einzige, was dann noch an dessen tierische Zweitexistenz erinnert, sind die Wunden aus seinem letzten Kampf.

Ungeachtet der zweifellos bedeutsamen Frage, ob ein Mensch überhaupt zum Werwolf werden kann, wissen Psychologen von einer ganzen Reihe von Fällen zu berichten, in denen Menschen zumindest nämliches von sich behaupten. In der Wissenschaft gelten dergleichen (Wahn-)Vorstellungen gemeinhin als eine besondere Form von Geisteskrankheit, bei der die animalische Seite des Menschen – vorsichtig ausgedrückt – ein wenig aus dem Ruder gelaufen ist.

Die Idee von Menschen, die sich in Werwesen verwandeln, ist in den Mythen fast aller Kulturen der Welt zu finden. Meist sind damit Tiere verknüpft, die in der betreffenden Region als besonders gefährlich oder heimtückisch gelten (in Europa bedrohte der Wolf lange Zeit Mensch und Vieh), so z. B. der Werbär in Russland, der Wertiger auf Java, der Werleopard in Zambesi, der Werkoyote in Nordamerika (→ Skinwalker) u. a. m. In der Alten Welt geht der Lykanthropenglaube vielerorts einher mit dem Glauben an → Vampire, zu denen Werwölfe – wie zahlreiche Volkslegenden vor allem des Balkans behaupten – nach ihrem Tode werden.

Der Werwolf zählt mittlerweile zu den klassischen Charakteren des Horrorgenres. Von dem regen Interesse, das Literaturbetrieb wie Filmindustrie für den haarigen Nachtschwärmer aufbringen, zeugen zahllose Bücher und Hollywoodproduktionen.

Wicht

Wicht, auch Wichtelmännchen oder Wichtle, ist lediglich ein anderer Name für den → Zwerg, bisweilen auch für den → Kobold.

Wiedergänger

Als Wiedergänger werden zusammenfassend all jene Verstorbene bezeichnet, die nach ihrem Tod keine Ruhe finden können. Der Glaube an die Rückkehr der Toten in die Welt der Lebenden zieht sich in unterschiedlichen Ausprägungen durch fast alle Kulturen. Entsprechend vielfältig sind auch die möglichen Gründe, aus denen ein Mensch nach seinem Ableben dazu verdammt sein kann, mit einem Fuß noch im Diesseits zu stehen. Ein sündiges Leben, der Frevel der Selbsttötung oder die ungerächte Ermordung durch einen anderen, die Abtragung einer schweren Schuld oder eine noch offen gebliebene Abrechnung, falsche Trauer der Hinterbliebenen und vieles andere mehr können je nach geographischem oder kulturellem Kontext die Ursache sein.

In der uralten Vorstellung von der Rückkehr eines Verstorbenen als lebender Leichnam spiegelt sich nicht nur die Sehnsucht des Menschen nach ewigem Leben wider, sondern ebenso die Schuldgefühle gegenüber Toten, denen man zu deren Lebzeiten schweres Leid oder Unrecht zufügte, letztlich also auch die Angst vor überirdischer Vergeltung.

Auch mag in dem bis in die älteste Vergangenheit der Menschheitsgeschichte zurückreichenden Mythos von wandelnden Toten der Glaube an → Gespenster, → Ghule, → Nachzehrer, → Vampire, → Zombies und anderer nicht mehr ganz taufrischer Zeitgenossen begründet liegen.

Wilde Jagd, die
Die Wilde Jagd (Wildes Heer, Wütendes Heer, Muotesheer, Wuotesheer, Wilde Fahrt) wird ein dem Volksglauben entstammendes Totenheer genannt, das in stürmischen Nächten – vornehmlich zwischen Weihnachten und dem Dreikönigsfest – mit viel Getöse durch die Lüfte reitet. Das eigentliche Heer besteht in aller Regel aus den Seelen Verstorbener, mitunter wurden auch Walküren gesichtet. Die Vorhut bildet beinahe obligatorisch eine Meute laut kläffender schwarzer Hunde. Anführer der Wilden Jagd ist häufig Wuotan oder Wotan (»der Wütende«), auch bekannt als Wode, der Wilde Jäger. Doch auch von anderen diesem Heer vorstehenden Persönlichkeiten wissen die Legenden zu berichten, z. B Frigga alias Holda alias

Frau Holle, Herodes, Rübezahl (Schlesien), König Abel (Schlesien), der Rodensteiner (Odenwald), Dietrich von Bern, Christian der Zweite (Seeland/Dänemark), allerlei Hexen, Zauberer und Ketzer sowie der ein oder andere in der Schlacht gefallene Recke (besonders in der *Snorra Edda*).

Nicht selten erscheint der Heerführer auf einem schneeweißen Ross, so der genannte Christian der Zweite oder gelegentlich auch der wilde Nachtjäger Wode, was Theodor Storm Inspiration für seine Meisternovelle *Der Schimmelreiter* (1888) gewesen sein mag.

In vielen Sagen kommt das Totenheer allerdings auch ohne Anführer aus. Dem Volksglauben nach steckt hinter dieser Armee des Schreckens ohnehin der → Teufel höchstselbst, der die rastlosen Seelen als Strafe für irdischen Frevel ausgiebig durch die Wolken scheucht, bevor sie irgendwann einmal – vielleicht – endlich Ruhe finden.

Wanderern, die unterwegs von der reitenden Totenschar über-
rascht werden, ist nur eines zu empfehlen: auf die Erde werfen, den
Kopf einziehen und nach Möglichkeit irgendwo festklammern – die
Sogkraft der Wilden Jagd dürfte in etwa vergleichbar sein mit der
eines ausgewachsenen Wirbelsturms.

Geschichten über ähnliche Geisterarmeen ließen bereits die alten
Griechen und Römer erschaudern. Zumeist handelte es sich dabei
um die zur Streitmacht vereinten hyperaktiven Seelen einstiger
Kämpfer und Helden, denen man ebenfalls tunlichst aus dem Wege
ging.

Windsbraut

Bei der in zahlreichen Volkslegenden und Sagen den Himmel ver-
düsternden Windsbraut (Die Wilde, Windsbrut, Windin) handelt es
sich um einen als weibliches Wesen gedachten Dämon der Lüfte.
Zugleich ist sie Personifizierung von Stürmen und Wirbelwinden,
die mit zerstörerischer Gewalt über die Menschheit hinwegfegen.

Häufig wird die Windsbraut als Vorbotin der → Wilden Jagd
beschrieben, andere Quellen
stellen sie in engen Zusammenhang mit → Hexen, welche sie
mit ihren unheilvollen Künsten
heraufbeschwören können. Wieder andere bezeichnen die Windin selbst als Wetterhexe.

Abzuwenden ist ein solch
dämonischer Wirbelsturm, indem man ein Drudenmesser
(→ Drud) hineinschleudert, einige schwören auf das Zentrum,
manche auf den schmalsten
Wirbel als schwächsten Punkt.
In Einzelfällen soll auch ein

herkömmliches Messer oder eine Sichel zu annehmbaren Ergebnissen geführt haben, eine geweihte Klinge ist jedoch unbedingt vorzuziehen. Gleichwohl muss sich derjenige, der zu diesem rettenden Mittel greift, hüten, nicht von der Windsbraut mitgerissen und – im ungünstigsten Fall auf Nimmerwiedersehen – entführt zu werden.

Wollrock

Der Wollrock (Wolrok, Wolrukh) ist dem russischen Volksglauben nach ein im oberen Wolgabereich anzutreffender sagenhafter Riesenvogel, der in sich Züge des Vogel → Rock sowie des Vogel → Greif vereint. Er ist ein wilder Nachträuber, der jedoch nur bei Unwetter auf Beutefang geht, da er sich dann in den sturmgepeitschten Wolken verbergen kann. Hat er sein Opfer erst einmal gesichtet, zieht er heimtückisch über ihm seine immer enger werdenden Kreise, stürzt dann blitzschnell hinab, packt es und reißt es mit sich davon. Es heißt, der hohle, heisere Schrei, mit dem er seinen Sturz aus den Wolken einleitet, sei das Ächzen der Toten, und wer ihn höre, könne sich ruhig schon mal daran gewöhnen, da ein Entkommen ohnehin so gut wie unmöglich sei. Tagsüber hockt der Wollrock in seinem Nest, das sich meist in irgendeiner Höhle befindet, döst träge vor sich hin, ein Auge stets halb geöffnet, oder verzehrt genüsslich die Reste seiner nächtlichen Beute.

Die ursprüngliche Bezeichnung Wolrok bzw. Wolrukh wurde im Zuge der großen Rechtschreibreform gegen Ende des 20. Jhs. zu Wollrock, was vermutlich mit dem Federkleid dieses Riesenvogels zusammenhängt, welches bei Jungtieren dieser Spezies angeblich von flaumig flauschiger Beschaffenheit ist, mit fortschreitendem Alter des Geschöpfes jedoch zunehmend kratzig wird und verfilzt. Andererseits mag auch der Umstand eine Rolle gespielt haben, dass dem Rock als solchem eine gewisse Faszination nicht abzusprechen ist und so mancher allzu forsche Zeitgenosse gerne unter selbigen zu »greifen« pflegt.

Yeti

Der Yeti (Mihgyur, Almas, Almasty), auch als Schneemensch bekannt, zählt neben dem Ungeheuer von Loch Ness zu den wohl meistgesuchten und hartnäckigsten Vertretern der »Ich bin dann mal weg«-Geschöpfe dieses Planeten. Von monströser Körpergröße und in seiner Statur einem Menschenaffen nicht unähnlich, soll er sich in den Hochregionen Zentralasiens, vor allem im Himalaja herumtreiben. Viele wollen ihn gesehen haben, doch nur wenige haben mehr vorzuweisen als eben diese Behauptung. Bisweilen geistern Fotos von riesigen Fußabdrücken, von Büscheln wirklich schlecht gepflegten Haars, selbst von fraglos imponierenden Exkrementenhaufen durch die Medien, doch nie auch nur ein Schnappschuss, der den Yeti persönlich zeigt.

Namhafte Forscher und Abenteurer, darunter der bekannte Bergsteiger und Expediteur Reinhold Messner, machten sich auf die Suche nach dem Schneemenschen, doch nicht einer konnte einen wirklichen Beweis für dessen Existenz erbringen. Angebliche Indizien für seine Präsenz oder gar Sichtungen verwiesen nach näherer Untersuchung lediglich auf bereits ausgestorbene Varianten des Menschenaffen oder eine sich in die entlegeneren Winkel dieser Welt zurückgezogene Primatenart.

Gut möglich, dass der Yeti noch Verwandtschaft hat. In den Wäldern Nordamerikas macht unter dem Namen → Bigfoot ein in vielen Zügen vergleichbares Wesen von sich reden, das jedoch eine ähnlich krankhafte Kamerascheu zu besitzen scheint.

Zauberer

Zauberer bzw. Magier sind, auf einen simplen Nenner gebracht, herausragende Individuen der sichtbaren Welt, die sich auf arkane Wissenschaften und Künste verstehen und dadurch Zugriff auf die Welt des Geheimen und Verborgenen besitzen. Gleichwohl ist die Geschichte dieser oft ausgesprochen obskuren Sonderlinge ein äußerst weites Feld.

Bereits im Neuen Testament (Apg 8,9-24) wird von Simon, der in Samaria die Stadt und das Volk verzauberte, berichtet und das leidige Problem zwischen rechtem und unrechtem Umgang mit den Kräften des Übermenschlichen thematisiert. Im Mittelalter stand der Begriff Zauberei quasi als Synonym für Ketzerei, worauf, nach kirchlicher Forderung, der Tod durch das Feuer stand. Kaum einer wagte in Abrede zu stellen, dass Zauberer ebenso wie die → Hexen samt und sonders einen Vertrag mit dem → Teufel abgeschlossen hatten, zumindest jedoch mit irgendeinem zweifellos ziemlich üblen Dämon. An Delikten und Indizien jedenfalls herrschte seinerzeit kein Mangel. Daneben gab es die Alchemisten, die Chemiker des Mittelalters, die unermüdlich in ihren Laboratorien nach dem Stein der Weisen oder dem Wasser des Lebens suchten und geistiges wie auch höchst greifbares Gold herzustellen trachteten.

Doch mit dem gesellschaftlichen Fortschritt kam auch die Erkenntnis, dass mitnichten alle Zauberer über einen Kamm zu scheren seien. Fortan wurde differenziert, nämlich in »weiße« und in »schwarze« Magie, wobei Erstere noch ganz okay, bisweilen sogar durchaus annerkennenswert war, Letztere jedoch in jedem Fall und unter allen Umständen abzulehnen.

Währenddessen, in anderen Teilen der Welt, besetzten bei fast allen Naturvölkern die althergebrachten und vielfach bewährten Medizinmänner und Schamanen hartnäckig vergleichbare Positionen.

Der Zauberer, wie wir ihn aus vielen Büchern und Märchen kennen, bedient sich diverser Hilfsmittel zur Ausübung seiner Kunst. Die Palette reicht von Tränken, Salben, Kräutern, besonderen Apparaturen bis hin zu Beschwörungsformeln und Zaubersprüchen nebst allerlei rituellem Hokuspokus. Darüber hinaus schwingt, wer ein rechter Magier ist, gern und häufig einen ominösen Zauberstab, hüllt sich stilsicher in einen wallenden Umhang und trägt auf dem Kopf fast immer einen großen spitzen Hut, der – seien wir ehrlich – auf das Gelingen einer magischen Aktion in etwa den gleichen Effekt hat wie der schwarze Zylinder eines Schornsteinfegers auf die Reingung des Kamins.

Selbstredend verfügt auch die Gilde der Zauberer und Magier über leuchtende Beispiele ihrer Zunft, die allesamt aufzuzählen den Rahmen dieses Buches sprengen dürfte. Namentlich und stellvertretend seien erwähnt: Merlin, der geheimnisumwitterte Ratgeber des Königs Artur; Gandalf, der trotz seiner wohl berufsbedingten Undurchsichtigkeit stets aufrechte Magier aus J.R.R. Tolkiens *Herr der Ringe*; J.K. Rowlings Harry Potter, fraglos der Benjamin unter den Zauberern der Neuzeit; und natürlich Goethes Zauberlehrling, der die Geister, die er rief, am Ende nicht mehr loszuwerden wusste. Alle anderen Vertreter ihres fraglos ehrenwerten Standes, die hier leider nicht genannt werden können, bitten die Verfasser, von etwaigen Schadenszaubern und/oder Verwandlungsflüchen abzusehen und sich stattdessen um David Copperfield zu kümmern.

Zentaur

Die Zentauren, Söhne des Ixion und der Hera, kann man mit Fug und Recht als die Rabauken des Altertums bezeichnen. Schon rein äußerlich verkörpern diese Mischwesen aus den Bergwäldern Thessaliens Kraft und Triebhaftigkeit: Auf dem Unterleib eines stämmigen Rosses thronen Rumpf und Kopf eines muskelbepackte Mannes.

Weltberühmt ist die Geschichte, als bei der Hochzeit des Lapithen-Königs Peirithoos der schon reichlich betrunkene Zentaur Eurytion sich an die Braut heranmachen wollte. Das darauf folgende blutige Gemetzel zwischen den geladenen Zentauren und ihren Gastgebern, fortan auch Kentauromachie genannt, ist von vielen Dichtern, Malern und Bildhauern festgehalten worden.

Am Firmament findet man den Zentaur im Sternbild Kentaur und in der Astrologie im Zeichen Schütze wieder.

Aspice Zeuxis opus, quod fama erat æquore mersum.
Artifici salvum post mala fata manu.

Ingenia id nostri nam supplent dædala secli
Ingenio quod edax tempus et unda rapit.

Zerberus

Dieser wohl als Vater aller Kampfhunde zu bezeichnende Wächter der Unterwelt hat seinen Ursprung in der griechischen Mythologie. Abgundtief hässlich, extrem unfreundlich und ausgestattet mit drei Köpfen nebst ebenso vielen zähnestarrenden Mäulern, nimmt er die ihm anvertraute Aufgabe ausgesprochen ernst – was sich vor allem darin äußert, dass er allen Neuankömmlingen in der Unterwelt zwar schwanzwedelnd Einlass gewährt, diejenigen jedoch, die es in die Gegenrichtung zieht, gnadenlos verschlingt.

Die Herkunft des Zerberus (auch: Cerberus, Kerberos) verweist auf namhafte Verwandtschaft: Gezeugt wurde er von → Echidna und → Typhon, seine bekanntesten Geschwister sind → Chimäre, → Hydra und → Sphinx.

Dass Zerberus keineswegs unbezwingbar ist, bewiesen sowohl Herakles als auch Orpheus, denen es gelang, ihn vorübergehend zu bändigen, Ersterem mit roher Gewalt, Letzterem durch einen ebenso überzeugenden wie das erhitzte Hundegemüt besänftigenden musikalischen Vortrag.

Zuletzt wurde der Höllenhund an der Hogwarts Schule für Zauberei gesichtet, wo er als dreiköpfiger Riesenköter Fluffy den Stein der Weisen bewachte und einen aufstrebenden Magierschüler namens Harry Potter in arge Bedrängnis brachte, bevor er – einmal mehr – dem Bann der Musik erlag.

Zombie

Ursprünglich ein der afro-karibischen Voodoo-Magie entstammender Begriff, der gemeinhin einen fremdgesteuerten Untoten bezeichnet, welcher von einem nekromanten Zauberer wieder ins Leben zurückgerufen wurde. Verabreicht man einem häufig als willenloser Diener oder Arbeitssklave missbrauchten Zombie Salz oder auch nur gesalzene Speisen, so erwacht er aus seinem Dämmerzustand und übt Rache an dem Schamanen, der für sein Untotendasein verantwortlich zeichnet. Sodann steigt er wieder in sein Grab zurück, um sich dem wohligen Gefühl endgültigen biologischen Verfalls zu überlassen.

Die Angst, nach dem Tod ein Zombie zu werden, ist zum Beispiel auf Haiti sehr verbreitet. Deshalb werden dort besondere Rituale vollzogen, um die Toten vor diesem Fluch zu schützen.

Seit den 1930er Jahren zählt der Zombie zu den beliebtesten und tatsächlich nicht tot zu kriegenden Motiven der Filmindustrie, und auch die Verfasser von Horrorgeschichten holen ihn immer wieder gerne aus der Gruft.

Zwerg

Allgemeine Bezeichnung für kleinwüchsige, anthropomorphe Wesen aus Volksglauben, Mythen und Legenden, die ebenso wie ihre extremen Gegenstücke, die → Riesen, über besondere, häufig auch arkane Kräfte verfügen. Die Zwerge – oft mit Dunkelelben oder Schwarzelfen (→ Elb/Elf) gleichgesetzt – hausen im Innern der Erde, in Höhlen, unterirdischen Zwergenstädten oder weit verzweigten Minensystemen, was dazu führte, dass sie ein äußerst inniges Verhältnis zur Mineralogie entwickelten. Sie gelten als geschickte Schmiede und ausgezeichnete Bergleute, und manch ein Glücksritter aus der Märchen- und Sagenwelt vermutete in ihnen die Hüter unermesslicher Schätze.

Ähnlich wie die Menschen sind Zwerge Kollektivwesen; sie pflegen die Tradition der Familie und vertrauen in Fragen der Staatsführung und höheren Politik ihrem König.

All ihr Handwerksgeschick, ihre geheimen Künste und sagenhaften Reichtümer können jedoch nicht darüber hinwegtäuschen, dass Zwerge als ausgesprochen hässlich anzusehen sind. (Vielleicht der Grund dafür, dass viele von ihnen über eine Tarnkappe verfügen.) In etwa von der Größe eines 3- bis 4-jährigen Kindes, haben sie in aller Regel Dickbäuche, unansehnliche Buckel und entschieden zu lange Bärte. Ihre kleinen Augen sind von ungesundem Rot, ihre Gesichter verlebt und voller Falten; an jedem Fuß besitzen sie vier knubbelige

154

Zehen, einige tapsen gar auf Enten- oder Gänsefüßen durchs Leben. Außerdem sind Zwerge fast grundsätzlich alt, unheimlich alt sogar, weshalb ihnen bisweilen ein gewisses Maß an Weisheit nachgesagt wird.

Die den Zwergen zumeist eigene Gutmütigkeit kann gelegentlich unversehens in blanke Gehässigkeit umschlagen. Es wird von Fällen berichtet, in denen einer dieser emsigen Naturdämonen eine im Auftrag eines Menschen gefertigte Waffe mit einem unheilvollen Fluch oder Zauber belegte, sodass der Besitzer damit letztlich mehr Stress als Freude hatte.

Als herausragende Vertreter des Zwergenvolks seien der wilde Alberich (zu Ruhm und Ehre gelangt nicht zuletzt durch Wagners *Ring der Nibelungen*), der tapfere Gimli (zu Ruhm und Ehre gelangt durch einen anderen, der Feder J.R.R. Tolkiens entstammenden Ring), zahllose, weit weniger aktive Gartenzwerge (zu Ruhm und Ehre gelangt durch den Ring deutscher Kleingärtner) sowie die unvermeidlichen sieben Zwerge der Gebrüder Grimm (durch überhaupt keinen Ring zu Ruhm und Ehre gelangt) genannt.

Der Zwerg ist aus dem gesamten Fantasygenre nicht mehr fortzudenken und darf, als kräftiger Haudrauf, der zudem ordentlich wegstecken kann, in keiner Rollenspiel-Party fehlen.

Zyklop

Zyklopen (von griech.: kyklopes = Rundaugen) sind einem Riesengeschlecht (→ Riese) angehörende Gestalten der griechischen Mythologie. Zu ihren bekanntesten Vertretern, unfehlbar zu erkennen an dem glotzenden großen Auge auf der Stirn, zählen Arges, Brontes und Steropes, nach Hesiod die Söhne von Uranos, des Himmels, und → Gaia, der Erde. Von ihrem Vater zusammen mit ihren Brüdern, den → Hekatoncheiren, in den → Tartaros verbannt, von Zeus höchstselbst aus taktischen Erwägungen wieder daraus hervorgeholt, schmiedeten sie für Letzteren die Donnerkeile und Blitze, mit denen der Göttervater den Titanen zu Leibe rückte. Die als Feuerdämonen geltenden Zyklopen sollen zudem im Bauwesen tätig gewesen sein, jedenfalls wird ihnen die Errichtung der Mauern von Tiryns und Mykene (Zyklopenmauern) zugeschrieben. Ihrem wie auch immer gearteten Schaffensdrang wurde allerdings ein jähes Ende gesetzt, als Apollon, dessen Sohn Asklepios durch Zeus mit einem von Zyklopenhand geschaffenen Blitz niedergestreckt wurde, sie aus Rache mit einem Pfeil tötete.

Homer beschreibt in seiner *Odyssee* die Zyklopen als Söhne des Meeresgottes Poseidon. Sie sind wild und ungeschlacht, nicht sonderlich helle, hausen in Höhlen und fressen zu allem Überfluss auch noch Menschen. Polyphem, der Zyklop, mit dem Odysseus Bekanntschaft machte, kam der Versuch, seinen Speiseplan gleich um eine ganze Schiffsmannschaft zu bereichern, teuer zu stehen: Der McGyver der Antike brannte ihm mit einer glühenden Pfeilspitze das einzige Auge aus und konnte mit seinen Gefährten entkommen.

Der britische Schriftsteller und Mythenforscher Robert von Ranke-Graves verwies darauf, dass mit einiger Wahrscheinlichkeit die Zyklopen der griechischen Mythologie auf die Zunft der frühhelladischen Bronzeschmiede zurückzuführen sind, welche sich, möglicherweise zu Ehren der Sonne als Feuer spendende Kraft, konzentrische Ringe auf die Stirn tätowierten. Zudem pflegten sie eines ihrer Augen mit einem Lappen gegen Funkenflug zu schützen, sodass sie in der Tat bei der Ausübung ihrer Arbeit »einäugig« waren.

Appendix I:
Vampire und vampirähnliche Dämonen aus aller Welt

Die nachfolgende Liste führt einige der bekannteren und weniger bekannten dämonischen Gestalten an, die in einigen Zügen und Verhaltensmustern Ähnlichkeiten zum Vampir aufweisen. Ohne den Anspruch auf Vollständigkeit zu erheben, zeigt diese Auswahl doch, wie weit verbreitet Parasiten dieser Art in den Mythen- und Sagenreichen unserer Welt sind. (Kreaturen, die Eingang in den lexikalischen Teil dieses Buches fanden, sind durch Verweis → kenntlich gemacht.)

Adze (Ghana, Togo) Vampirgeist der Ewe; ergreift von Menschen Besitz, saugt Kindern das Blut aus
Afrit (arabisch) → Wiedergänger mit unverkennbar vampirischen Neigungen
Algul (arabisch) Blut saugender → Ghul, eigentlich eher der Kategorie Aasfresser zuzurechnen, da er sich hauptsächlich an frischen Leichen vergeht
Aniuka (Sibirien) spezialisiert auf Babyblut
Asanbosam (Ghana) fällt seine Opfer von Bäumen aus an und saugt sie aus
Aswang (Philippinen) weibl. vampirischer → Gestaltwandler, der sich von Menschenblut und menschlichen Schatten nährt
Baital (Indien) Mischwesen aus Mensch und Fledermaus
Bajang (Malaysia) wächst im Körper tot geborener Kinder heran und fährt mächtig ab auf Blut
Baoban-Sith (Schottland) dämonische → Fee, die junge Männer zum Tanz bittet, um sie anschließend auszusaugen
Bhuta (Indien) eine Art → Wiedergänger, der sich in Gestalt eines Tieres oder Riesen über menschliches Aas und Frischfleisch hermacht
Brahmaparush (Indien) trinkt Blut und verspeist Gehirne
Bruja (Spanien) vampirische → Hexe und → Gestaltwandlerin, die auf Kinderblut schwört
Buau (Borneo) dämonische Vampirgestalt der Kategorie → Wiedergänger
Ch'lang Sish (China) Blutsauger mit giftigem Atem, auszubremsen mit am Boden verstreuten Reiskörnern
Churel (Indien) blutrünstiger und extrem furchterregender Vampirdämon
Civatetea (Mexiko) vampirartige → Hexe mit verführerischen Tendenzen
Danag (Philippinen) der Spätzünder unter den Blutsaugern, da er erst durch äußere Umstände auf den Geschmack kam
Dearg Due (keltisch) weibl. Vampirdämon, → Wiedergängerin und Venusfalle in einem
De man med de Haak (Niederlande) Wasserdämon mit der unschönen Angewohnheit, Kinder ins kalte Nass zu zerren und sich an ihrem Blut zu laben
Ekimmu (assyr.-babylonisch) geisterhaft-vampirische → Wiedergänger
El Chupacabra (Mexiko) Blut saugender → Gestaltwandler, der sich auf Haustiere und Nutzvieh eingeschossen hat

Empusa (griech.) eine weitere Männer mordende und Kinder fressende Schreckgestalt der antiken Mythologie

Eretica (Russland) weibl. vampirische → Wiedergänger, die in einigen Zügen der → Hexe ähneln

Etemmu s. Ekimmu

Gandharva (Indien) vampirhafter Dämon, der zuerst die Frau vernascht und sich als Dessert ihr Blut einverleibt, und das alles während sie schläft

Gayal (Indien) parasitärer → Wiedergänger mit wenig Verständnis für schlampig durchgeführte Bestattungen und gutem Gedächtnis für die Adressen der Verwandtschaft

Ghul →

Impundulu (Südafrika) Dämon, oft als Geist einer → Hexe bezeichnet, der Menschen wie Tieren das Blut aussaugt

Incubus →

Jaracacas (Brasilien) eine Schlangenkreatur, die sich stillenden Müttern an die Brust schummelt und ihnen das Blut aussaugt

Kathakano (Kreta) eine regionale Variante des „klassischen" Vampirs

Krvopijac (Bulgarien) Vampirart, der sich ein geschulter Magier dadurch zu erwehren weiß, indem er sie in Flaschen abfüllt und auf großer Flamme erhitzt

Kuang-Shi (China) ein Blut saugender Dämon mit Faible für Kriminelle

Lamia →

Langsuir (Malaysia) weibl. Gegenstück des Bajang mit Extramund im Nacken zwecks Zufuhr fremden Blutes; erwächst aus im Kindbett gestorbenen Frauen

Leanhaum-shee (Irland) Feenwesen mit vampirisch-parasitären Zügen, das seinen männlichen Opfern bei ausgiebigen Liebesspielen die Lebenskräfte raubt

Lilitu (altmesopotamisch) Nachtdämonin und unersättliche Verführerin mit „austrocknender" Wirkung (→ Lilith)

Lobishomen (Brasilien) männl. Vampirgestalt mit Sinn für maßvollen Blutgenuss, da die meist weibl. Opfer zumindest überleben

Mandurugo (Philippinen) weibl. → Gestaltwandler mit sattsam bekanntem Verhaltensmuster: Schöne Frau, eigentlich Dämonin, trinkt Blut von Mann, eigentlich Dummkopf

Mara (slawisch) weibl. Vampirwesen und Druckgeist, monogam und ganz vernarrt in Kinder(blut); angeblich der Geist eines ungetauften Mädchens

Masan (Indien) weibl. Vampirgestalt Marke → Wiedergänger; nur an Begräbnisstätten bzw. auf Friedhöfen zu finden

Moroi (Rumänien) → Wiedergänger und → Gestaltwandler mit parasitär-vampirischen Eigenschaften

Mrart (Australien) in den Legenden der Aborigines eine dämonische Kreatur mit vampirhaften Zügen, haupsächlich nachtaktiv und ständige Gefahr für Camper

Nachzehrer →

Neuntöter (Deutschland) ein enger Verwandter des → Nachzehrers, dem mit einer in den Mund gelegten Zitrone allerdings relativ leicht beizukommen ist

Nora (Ungarn) magyarische Variante des Blut saugenden weiblichen Druckgeists, die Schlafenden auf die Pelle rückt

Obayifo (Westafrika) verlässt des Nachts seinen menschlichen Körper und macht Jagd auf das Blut vorzugsweise kleiner Kinder

Oni →

Owenga (Guinea) → Wiedergänger mit Appetit auf Menschenblut

Pacu Pati (Indien) mächtiger vampirartiger Dämon, der nächtens Begräbnis- und Hinrichtungsstätten unsicher macht

Pelesit (Malaysia) parasitärer Geist, der Krankheit und Tod mit sich bringt

Penanggalan (Malaysia) vampirartiger Nachtdämon, weiblich, aber hässlich; hat es vor allem auf kleine Kinder und gebärende Frauen abgesehen

Pijavica (Slowenien) ein weiterer blutdurstiger → Wiedergänger, der am liebsten die eigenen Hinterbliebenen anzapft

Pisacha (Indien) saugt vorzugsweise Frauen das Blut aus und verschlingt sie im Anschluss; schändet außerdem Gräber und macht sich über Leichen her

Sanguisuga (vermutlich staatenlos) ein aus dem 12. Jh. berichteter Toter, der nichts als Unheil bringt und zudem auch noch Menschenblut trinkt

Seelenparasit →

Shtria (jüdisch) flugfähige Vampirgestalt, die Kinder klaut und ihnen das Blut aussaugt

Striga →

Strigoi (Rumänien) in vielen Zügen dem Vampir vergleichbare Geister

Succubus →

Tlaciques (Mexiko) → Hexe mit vampirhaften Zügen

Ubour (Bulgarien) → Wiedergänger, der in Zeiten der Not auch mal Menschenblut trinkt

Ustrel (Bulgarien) vampirhaftes Schreckgespenst für Rinder und Ochsen, von deren Blut er sich nährt

Vlokoslak (Serbien) Blut saugender → Gestaltwandler und Gefahr für Mensch und Tier

Volkodlak (Slowenien) Vampirvariante, die häufig im Zusammenhang mit Geschichten über → Werwölfe genannt wird

Vourdalak (Russland) eine bezaubernd schöne junge Frau, die jedoch aus Gründen, die in diesem Kontext unschwer zu erraten sind, mit Vorsicht zu genießen ist

Zmeu (Rumänien) vampirischer Schwerenöter, der sich nachts gern in die Schlafzimmer junger Damen verläuft

Zum Stöbern und zur Erweiterung des Horizonts hinsichtlich vampirhafter Kreaturen aus Nah und Fern sei auf nachstehende Websites hingewiesen, die auch den Autoren ein Quell der Inspiration gewesen sind:

www.cyrne.de
www.daemonen.de
www.hexen.purespace.de
www.vampires.at

Appendix IIa: „Buffy"- und „Angel"-Serienguide

Einige Protagonisten, die zum ständigen Inventar der Serie zählen, werden nur bei ihrem ersten Auftauchen genannt; ebenso wurde auf die Erfassung gemeiner Feld-, Wald-, und Friedhofsvampire sowie jedes dahergelaufenen Allerwelts- und Chaosdämons verzichtet.

BUFFY – IM BANN DER DÄMONEN

Serie/Staffel/Folge	Original Sendetitel	Deutscher Sendetitel	Die wichtigsten Monster, Kreaturen, Phänomene
B/I/01–02 (Pilot + 1. Folge)	Welcome To The Hellmouth / The Harvest	Das Zentrum des Bösen / Die Zeit der Ernte	Besondere → Vampire: der Meister, Darla, Luke; erstmals Angel (für Staffel I–III nicht mehr aufgeführt)
B/I/03	The Witch	Verhext	→ Hexe
B/I/04	Teacher's Pet	Die Gottesanbeterin	Insektoider → Gestaltwandler (Gottesanbeterin)
B/I/05	Never Kill A Boy On The First Date	Ohne Buffy lebt sich's länger	Besondere → Vampire: der Meister, Collin der Gesalbte
B/I/06	The Pack	Das Lied der Hyänen	Ein als Tierpfleger tätiger Schwarzmagier/Schamane (→ Zauberer); von Hyänen besessene Schüler (s. a.: → Kannibale)
B/I/07	Angel	Angel – Blutige Küsse	Besondere → Vampire: der Meister, Darla, die „Drei", Collin der Gesalbte
B/I/08	I, Robot – You, Jane	Computerdämon	Ein Dämon namens → „Moloch"
B/I/09	The Puppet Show	Buffy lässt die Puppen tanzen	Eine Gruppe von Dämonen (Bruderschaft der Sieben); eine äußerst lebendige Holzpuppe
B/I/10	Nightmares	Die Macht der Träume	In die Wirklichkeit eindringende Albtraumwelten; besondere → Vampire: der Meister, Collin der Gesalbte
B/I/11	Out Of Mind, Out Of Sight (aka Invisible Girl)	Aus den Augen, aus dem Sinn	Patient: „Herr Doktor, die Leute behandeln mich, als wäre ich Luft." Psychiater: „Der Nächste, bitte!"
B/I/12	Prophecy Girl	Das Ende der Welt	Einer der „Alten" (dreiköpfiges Tentakelmonster; vgl. hierzu auch: → Ctullhu); besondere → Vampire: der Meister, Collin der Gesalbte
B/II/01	When She Was Bad	Im Banne des Bösen	Besondere → Vampire: Collin der Gesalbte, Absalom
B/II/02	Some Assembly Required	Operation Cordelia	Dr. Frankenstein lässt grüßen (→ Humunculus)
B/II/03	School Hard	Eternabend mit Hindernissen	Besondere → Vampire: Collin der Gesalbte, Spike (William der Blutige), Drusilla

160

Code	Titel (englisch)	Titel (deutsch)	Beschreibung
B/II/04	Inca Mummy Girl	Das Geheimnis der Mumie	→ Mumie (Ampata)
B/II/05	Reptile Boy	Der Geheimbund	Ein dämonischer Schlangengott (Machida)
B/II/06	Halloween	Die Nacht der Verwandlung	→ Janus; Schwarzmagier (Ethan Rayne, → Zauberer); besondere → Vampire: Spike, Drusilla
B/II/07	Lie To Me	Todessehnsucht	Besondere → Vampire: Spike, Drusilla
B/II/08	The Dark Age	Das Mal des Eyghon	Ein etruskischer Dämon (Eyghon); Schwarzmagier (Ethan Rayne, → Zauberer)
B/II/09	What's My Line (Part 1)	Die Rivalin (1)	Ein Bund übernatürlicher Attentäter (Taraka-Orden); besondere → Vampire: Spike, Drusilla
B/II/10	What's My Line (Part 2)	Das Ritual (2)	s. B/II/09 („Die Rivalin")
B/II/11	Ted	Ted	„Roboter-Serienkiller sucht nette Dame mittleren Alters. Spezialität: Space Cakes"
B/II/12	Bad Eggs	Faule Eier	Ein Eier legendes Tentakelmonster (Bezoar) und dessen parasitäre Brut; besondere → Vampire: die Gorch-Brüder-Lyle und Tector (ehemals gesetzlose Cowboys)
B/II/13	Surprise (1)	Der Fluch der Zigeuner (1)	Ein „zusammengeflickter" jahrhundertealter Dämon (der Richter); besondere → Vampire: Angelus, Spike, Drusilla
B/II/14	Innocence (2)	Der gefallene Engel (2)	s. B/II/13 („Der Fluch der Zigeuner")
B/II/15	Phases	Der Werwolfjäger	→ Werwolf (Oz, nachfolgend nicht mehr aufgeführt)
B/II/16	Bewitched, Bothered and Bewildered	Der Liebeszauber	→ Hexe; besondere → Vampire: Angelus, Spike, Drusilla
B/II/17	Passion	Das Jenseits lässt grüßen	Besondere → Vampire: Angelus, Spike, Drusilla
B/II/18	Killed By Death	Der unsichtbare Tod	Der „Kindestod" (der → Tod; s. a. → Erlkönig, → Lamia, → Lilith, → Seelenparasit sowie einige unter Appendix I aufgeführte Dämonen)
B/II/19	I Only Have Eyes For You	Ein Dämon namens Liebe	→ Poltergeist/Geist (→ Gespenst, → Wiedergänger); besondere → Vampire: Angelus, Spike, Drusilla
B/II/20	Go Fish	Das Geheimnis der Fischmonster	Zu Fischmonstern mutierte Leistungsschwimmer; besondere → Vampire: Angelus
B/II/21	Becoming (Part 1)	Wendepunkte (1)	Ein Dämon mit „Schlüsselgewalt" über das Tor zur Hölle (Acathla); ein anderer, weitaus umgänglicherer Dämon (Whistler); eine junge Lady, die zunehmend auf den Pfaden einer → Hexe wandelt (Willow, nachfolgend nicht mehr aufgeführt); besondere → Vampire: Angelus, Darla, Spike, Drusilla

B/II/22	Becoming (Part 2)	Spiel mit dem Feuer (2)	Wie B/II/21 („Wendepunkt"); besondere → Vampire: Angelus, Spike, Drusilla
B/III/01	Anne	Anne gefangen in der Unterwelt	Ein „höllischer" Streetworker (Ken)
B/III/02	Dead Man's Party	Die Nacht der lebenden Toten	Ein nigerianischer Dämon (Ovu Mobani) und eine unheilvolle Kultmaske; → Zombies
B/III/03	Faith, Hope, and Trick	Neue Freunde, neue Feinde	Besondere → Vampire: Mr. Trick, Kakistos
B/III/04	Beauty and the Beasts (aka All Men Are Beasts aka Honey, I'm Home)	Dr. Jekyl und Mr. Hyde	Das „Tier" im Manne (s. a. → Werwolf, → Gestaltwandler)
B/III/05	Homecoming (aka The One and Only)	Die Qual der Wahl	Ein Bürgermeister, der seine Seele verkauft hat (Richard Wilkins III., nachfolgend nicht mehr aufgeführt); ein reptilienhafter Dämon (Kulak); besondere → Vampire: Mr. Trick, Lyle Gorch (s. B/II/12; „Faule Eier")
B/III/06	Band Candy	Außer Rand und Band	Ein schlangenartiger Dämon, der Babys mag (Lurconis);Schwarzmagier (Ethan Rayne, → Zauberer); besondere Vampire: Mr. Trick; Special Guests: etliche Kisten mit verhexter Schokolade
B/III/07	Revelations	Der Handschuh von Myhnegon	Ein axtschwingender Dämon (Lagos); ein „Unique-Item"-Handschuh
B/III/08	Lovers Walk	Liebe und andere Schwierigkeiten	Besondere → Vampire: Spike
B/III/09	The Wish	Was wäre wenn …	Ein Rachedämon, der am Rad der Geschichte dreht (Anyanka/Anya, nachfolgend nicht mehr aufgeführt); besondere → Vampire: der Meister, Willow, Xander
B/III/10	Amends (aka Old Enemies, Dead Enemies)	Heimsuchungen	Geister (→ Gespenst, → Wiedergänger); 3 Hohepriester des Bösen; das Böse selbst
B/III/11	Gingerbread	Hänsel und Gretel	Geister (→ Gespenst, → Wiedergänger); → Hexe; ein „märchenhafter" Dämon
B/III/12	Helpless (aka Eighteen)	Die Reifeprüfung	Besondere → Vampire: Zackary Kralik (tablettenabhängiger einstiger Serienkiller)
B/III/13	The Zeppo	Die Nacht der lebenden Leichen	Dämonen mit üblen Absichten (Schwesternschaft von Jhe); → Zombies; ein Monster mit mehreren Köpfen (→ Hydra); ein nebulöses Überwesen (und geistiger Führer der Wächter)

B/III/14	Bad Girls	Der neue Wächter	Ein tot gewähnter Dämon (Balthazar) und seine Schwerter schwingenden vampirischen Anhänger (El-Eliminati-Orden); Besondere → Vampire: Mr. Trick
B/III/15	Consequences	Konsequenzen	Besondere → Vampire: Mr. Trick
B/III/16	Doppelgangland	Doppelgängerland	Ein unversöhnlicher Dämonenfürst (D'Hoffryn); → Doppelgänger; besondere → Vampire: Vamp Willow
B/III/17	Enemies	Gefährliche Spiele	Ein Geschäfte machender Dämon (Skyler); ein mysteriöser Kriegerdämon und Schamane;
B/III/18	Earshot	Fremde Gedanken	Zwei mundlose Dämonen; ein Fall von unkontrollierbarer Telepathie; Special Guests: ein Hackebeil und Rattengift
B/III/19	Choices	Die Box von Gavrock	Spinnenmonster
B/III/20	The Prom	Der Höllenhund	Blutrünstige Dämonenhunde (zu Höllenhund s. → Zerberus)
B/III/21	Graduation Day (Part 1)	Das Blut der Jägerin (1)	Ein „reiner" Dämon in Gestalt einer monströsen Schlange wirft seinen Schatten voraus
B/III/22	Graduation Day (Part 2)	Der Tag der Vergeltung (2)	Ein „reiner" Dämon in Gestalt einer monströsen Schlange betritt die Bühne (Olvikan, vormals Richard Wilkins III.)
B/IV/01	The Freshman	Frischlinge	Ein College voller → Vampire und ihre Anführerin (Sunday)
B/IV/02	Living Conditions	(K)eine Menschenseele	Seelenlose Dämonen aus einer anderen Dimension (Mok'tagar), ein 900 Jahre altes Dämonenkind (Kathy) und sein ungehaltener Dad (Tapparich)
B/IV/03	The Harsh Light of Day	Der Stein von Amara	Ein Ring mit Sonnenschutzfaktor ∞ und anderen nützlichen Eigenschaften; besondere → Vampire: Spike, Harmony (beide nachfolgend nicht mehr aufgeführt)
B/IV/04	Fear, Itself	Der Dämon der Angst	Ein kleiner Angstdämon mit großer Wirkung (Gachnar); außerdem jede Menge Horrorgestalten und Alptraum-inventar (→ Zombies, → Ghule, → Werwolf, Taranteln, herrenlose Augen etc. pp.)
B/IV/05	Beer Bad	Das Bier der bösen Denkungsart	Ein starkes Gebräu mit Nebenwirkungen
B/IV/06	Wild at Heart	Wilde Herzen	→ Werwolf (Veruca)
B/IV/07	The Initiative	Die Initiative	Keine besonderen Vorkommnisse in Bezug auf Monster und Phänomene

B/IV/08	Pangs	Der Geist der Chumash	Ein rachsüchtiger indianischer Geist (→ Gespenst, → Wiedergänger) und → Gestaltwandler (Hus); ein Haufen Geisterkrieger; besondere → Vampire: Angel
B/IV/09	Something Blue	Mein Wille geschehe	Eine frustrierte → Hexe; ein alter Dämonenfürst auf Talentejagd (D'Hoffryn, s. B/IV/16 „Doppelgängerland")
B/IV/10	Hush	Das große Schweigen	Eine Gruppe grausamer Dämonen, die Stimmen und Menschenherzen rauben („Gentlemen") nebst buckligerHandlangerkreaturen; → Hexe (erstmals Tara, nachfolgend nicht mehr aufgeführt)
B/IV/11	Doomed	Das Opfer der Drei	Extrem kräftige Dämonen (Vahrall-Dämonen), die von der Apokalypse träumen
B/IV/12	A New Man	Metamorphosen	Ein unzuverlässiger Dämonenprinz (Barvain); ein Dämon wider Willen (Fyarl-Dämon/Giles); Schwarzmagier(Ethan Rayne, → Zauberer)
B/IV/13	The I in Team	Schein und Sein	Ein Dämon mit „langem Arm" (Polgara-Dämon); 2 kampfstarke Kriegerdämonen; eine als „Dämonoid" bezeichnetes Frankensteinmonster (Adam; → Homunculus)
B/IV/14	Goodbye Iowa	Die Kampfmaschine	Dämonoid (Adam; → Homunculus)
B/IV/15	This Year's Girl (1)	Böses Erwachen (1)	Ein übel zugerichteter Dämon, ein mutierter Bote und ein mächtig magisches Objekt
B/IV/16	Who Are You (2)	Im Körper des Feindes (2)	Körpertausch; Dämonoid (Adam; → Homunculus)
B/IV/17	Superstar	Jonathan	Ein Zauberspruch, der Helden – und ein Monster – schafft; Dämonoid (Adam; → Homunculus)
B/IV/18	Where The Wild Things Are	Die Unersättlichen	→ Poltergeister, jede Menge Spuk und Leidenschaft;Dämonoid (Adam; → Homunculus)
B/IV/19	New Moon Rising	Abschiede	→ Werwolf; Dämonoid (Adam; → Homunculus)
B/IV/20	The Yoko Factor (1)	Der Yoko-Faktor (1)	Dämonoid (Adam; → Homunculus); besondere → Vampire: Angel
B/IV/21	Primeval (2)	Das letzte Gefecht (2)	Dämonoid (Adam; → Homunculus); „Techno"-Zombies (Maggie Walsh, Dr. Angleman, Forrest; → Zombie); ein „Vereinigungszauber" (Giles/Willow/Xander/Buffy)
B/IV/22	Restless	Jedem sein Alptraum	Etliche „alte Bekannte", eine seltsame Wilde und ein ominöser Käsemann

B/V/01	Buffy vs. Dracula	Buffy vs. Dracula	Besondere → Vampire: Graf Dracula nebst 3 betörenden Schwestern
B/V/02	Real Me	Lieb Schwesterlein mein	Eine rätselhafte Schwester gewinnt an Profil
B/V/03	The Replacement	Der doppelte Xander	Ein Dämon, der Persönlichkeiten „sepàriert" (Toth); → Doppelgänger
B/V/04	Out of My Mind	Die Initiative lässt Grüßen	Keine besonderen Vorkommnisse in Bezug auf Monster und Phänomene
B/V/05	No Place Like Home	Sein und Schein	Eine höchst attraktive „Bestie" (Glory), ein aufschlussreicher „Trip" und ein „Schlüssel" namens Dawn
B/V/06	Family	Familienbande	Eine unbekannte Größe (Glory) und eine Bande übler Mordbuben (Lei-Ach-Dämonen)
B/V/07	Fool for Love	Eine Lektion fürs Leben	Besondere → Vampire: Angelus, Darla, Drusilla, William der Blutige (Spike)
B/V/08	Shadow	Schatten	Eine nach wie vor unbekannte Größe (Glory), ein willfähriger Dämonenmönch (Dreg) und ein Reptilienmonster (Sobek)
B/V/09	Listening to Fear	Alles Böse kommt von oben	Eine per Meteoritenexpress „eingeflogene" Monsterkreatur (Quellor-Dämon); Dämonenmönche (nachfolgend nicht mehr aufgeführt)
B/V/10	Into the Woods	Das Ultimatum	Ein Haus voller „menschenfreundlicher" → Vampire
B/V/11	Triangle	Der Hammer der Zerstörung	Ein versoffener und randalierender → Troll (Olaf)
B/V/12	Checkpoint	Der Rat der Wächter	Eine Höllengöttin aus einer Dämonendimension (Glory)
B/V/13	Blood Ties	Blutsbande	s. B/V/12 („Der Rat der Wächter")
B/V/14	Crush	Die liebe Liebe	besondere → Vampire: Drusilla
B/V/15	I Was Made To Love You	Auf Liebe programmiert	Eine Höllengöttin (Glory) und ein Roboter mit Liebeskummer (April)
B/V/16	The Body	Tod einer Mutter	R.I.P.
B/V/17	Forever	Gefährlicher Zauber	Ein → Wiedergänger; ein Monster mit mehreren Köpfen (Ghora-Dämon; → Hydra); ein freundlicher, gleichwohl dämonischer alter Herr (Doc) besondere → Vampire: Angel
B/V/18	Intervention	Der Zorn der Göttin	Eine Höllengöttin (Glory) und eine Roboter-„Gespielin" (Buffybot)

Serie/Staffel/Folge	Original Sendetitel	Deutscher Sendetitel	Die wichtigsten Monster, Kreaturen, Phänomene
B/V/19	Tough Love	Götterdämmerung	s. B/V/12 („Der Rat der Wächter")
B/V/20	Spiral	Auf der Flucht	Eine Höllengöttin (Glory) und eine dämonische Dienerin
B/V/21	The Weight of the World	Die Last der Welt	Eine Höllengöttin (Glory) und ein freundlicher alter Herr, der sich als Dämon outed (Doc)
B/V/22	The Gift	Der Preis der Freiheit	Eine Höllengöttin (Glory) und ein Wiedersehen mit vielen alten Bekannten; außerdem: ein Roboter (Buffybot), Heerscharen von in den Startlöchern wartenden Höllenkreaturen, ein Drachendämon (→ Drache) sowie ein ehemals freundlicher, alter Herr (Doc)

ANGEL – JÄGER DER FINSTERNIS

Serie/Staffel/Folge	Original Sendetitel	Deutscher Sendetitel	Die wichtigsten Monster, Kreaturen, Phänomene
A/I/01	City Of	Licht und Schatten	Ein Halbdämon (Mensch/Brachen) mit Visionen (Doyle, nachfolgend nicht mehr aufgeführt); eine ominöse Macht, die allgegenwärtig ist („Die Mächte, die sind"; nachfolgend nicht mehr aufgeführt); besondere → Vampire: Russel
A/I/02	Lonely Hearts	Einsame Herzen	Ein wurmartiger parasitärer Dämon (Tahlmer) mit Vorliebe für Singles
A/I/03	In the Dark	Der Ring von Amara	Ein Ring mit Sonnenschutzfaktor ∞ und anderen nützlichen Eigenschaften; besondere → Vampire: Spike, Marcus
A/I/04	I Fall to Pieces	Die Maschen des Dr. Meltzer	Ein Horrorchirurg mit Extraskills
A/I/05	Rm w/a Vu	Zimmer mit Aussicht	→ Poltergeist/Geist (→ Gespenst, → Wiedergänger); ein Kailiff-Dämon (Griff) mit Außenständen
A/I/06	Sense and Sensitivity	Verwirrung der Gefühle	Ein magischer Stock, der Emotionen weckt
A/I/07	The Bachalor Party	Party mit Biss	Ein Dämon vom Clan der Ano-Movic (Richard) und eine unschöne Tradition
A/I/08	I Will Remember You	Liebe auf Zeit	Ein Krieger der Finsternis (Mohra-Dämon), ein Pärchen in Götterkluft mit heißem Draht nach „oben" (Die Orakel); Special Guest: Buffy die Jägerin
A/I/09	Hero	Helden wie wir	Rassismus auf Dämonenart (diverse Dämonenspezies, u.a. Scourge, Lister, Brachen)

Code	Deutscher Titel	Originaltitel	Beschreibung
A/I/10	Das Abschiedsgeschenk	Parting Gifts	Ein Dämon mit empathischen Fähigkeiten (Barney); ein asiatischer Dämon mit besonderem Horn (Kungai-Dämon); eine junge Frau, die neuerdings Visionen hat (Cordelia, nachfolgend nicht mehr aufgeführt)
A/I/11	Schatten der Vergangenheit	Somnambulist	Besondere → Vampire: Angelus, Penn
A/I/12	Teuflische Leidenschaften	Expecting	Ein telepathischer Dämon in Übergröße (Haxil-Dämon), der auf Umwegen nichts ahnende Frauen schwängert (vgl.hierzu auch: → Incubus)
A/I/13	Die Frauen des Oden Tals	She	Dämonen aus einer anderen Dimension
A/I/14	Das Böse an sich	I've Got You Under My Skin	Ein Dämon (Ethros-Dämon) und ein böser, böser Junge
A/I/15	Vaterliebe	The Prodigal	Etliche untote Blutsauger und diverse weitere Dämonen; besondere –> Vampire: Liam/Angelus, Darla
A/I/16	Die Gladiatoren von L.A.	The Ring	Heuler- sowie andere Dämonen und ein Wettbüro der besonderen Art
A/I/17	Für immer jung	Eternity	Besondere → Vampire: Angelus
A/I/18	Alte Feinde (1)	Five by Five (1)	Besondere → Vampire: Angelus, Darla
A/I/19	Gehetzt (2)	Sanctuary (2)	Ein hässlicher, kleiner Killerdämon; Special Guest: Buffy die Jägerin
A/I/20	Der Bandenkrieg	War Zone	Etliche untote Blutsauger und ein Dämonen-Bordell
A/I/21	Blind Date	Blind Date	Eine blinde Frau mit beachtlichem „Durchblick"; Progothian-Dämon; Dämonenschamane
A/I/22	Duell mit dem Bösen	To Shanshu in L.A.	Ein Dämon und Krieger der Finsternis (Vocah)
A/II/01	Das Tribunal	Judgement	Diverse mehr oder weniger bösartige Dämonen (Agagonic-Dämon Lorne [nachfolgend nicht mehr aufgeführt], Carnyss-Dämonen, Eidechsendämon Liz, Dämon/ Informant Merl [nachfolgend nicht mehr aufgeführt], Prio-Motu-Dämon u.a.) sowie eine mystische dunkle Macht (Das Tribunal)
A/II/02	Das Hotel Hyperion	Are You Now or Have You Ever Been	Ein Hotel mit düsterer Vergangenheit und ein Paranoia-dämon (Thesulac-Dämon)
A/II/03	Die Stunde des Deevak	First Impressions	Ein „Undercover"-Dämon (Deevak/Jameel)
A/II/04	Außer Kontrolle	Untouched	Telekinese

A/II/05	Dear Boy	Wiedersehen macht Feinde	Ein hässliches grünes Monster und einige Kapuzenmänner; besondere → Vampire: Angelus, Darla, Drusilla,
A/II/06	Guise Will Be Guise	Angel für einen Tag	Ein Großunternehmer, der sich auf Zauberutensilien verlegt hat, eine Göttin, die eigentlich ein Dämon ist (Yeska, Davrik-Dämon) und ein Jungfrauenopfer mit „Hindernissen"
A/II/07	Darla	Darla	Besondere → Vampire: Angelus, Darla, Drusilla, der Meister, Spike
A/II/08	The Shroud of Rahmon	Das Leichentuch des Rahmon	Ein Dämon names Rahmon, diverse andere Dämonen und ein Leichentuch mit teuflischen Kräften
A/II/09	The Trial	Auf Leben und Tod	Ein großer grüner Kriegerdämon und einige Wächterdämonen; besondere → Vampire: Angelus, Darla, Drusilla
A/II/10	Reunion	Die Wiedergeburt	Besondere → Vampire: Darla, Drusilla
A/II/11	Redefinition	Neuanfänge	Diverse mehr oder weniger streitbare Dämonen; besondere → Vampire: Darla, Drusilla
A/II/12	Blood Money	Schmutziges Geld	Eine riesige zweiköpfige Kreatur, die Feuer spuckt; ein großer blauer Dämon mit Kriegerehre
A/II/13	Happy Anniversary	Das Ende der Zeit	Lubber-Dämonen, ein Wainakay-Dämon und ein junger Physiker mit „zeitlosen" Zielen
A/II/14	The Thin Dead Line	Die Nacht der Zombies	→ Zombie
A/II/15	Reprise (1)	Die Quelle des Bösen (1)	Ein überzähliges Auge, ein Kleynach-Dämon und ein Ring als Schlüssel zu anderen Dimensionen; besondere → Vampire: Darla
A/II/16	Epiphany (2)	Epiphany (2)	Ein weiteres überzähliges Auge, Skilosh-Dämonen und ein schon bekannter Ring (s. A/II/15); besondere → Vampire: Darla
A/II/17	Disharmony	Disharmonie	Ein vampirischer Sektenführer (Doug Sanders) und seine Anhängerschaft; besondere → Vampire: Harmony
A/II/18	Dead End	Die Hand des Bösen	Eine „eiskalte" Hand, ein grausiges Ersatzteillager und ein Haufen „heilender" Dämonen (Pockla)
A/II/19	Belonging	Das Portal	Ein Dimensionstor, ein dämonischer Cousin (Agagonic-Dämon Landok) und ein Menschen fressender Drokken-Dämon

A/II/20	Over the Rainbow (1)	Gefangene der Dimension (1)	Eine andere Dimension (Pylea), eine „Ausgeburt der Hölle" nebst Herrchen und ein Tummelplatz für jede Menge Scheusale und Dämonen
A/II/21	Through the Looking Glass (2)	Ein Thron für Cordelia (2)	Eine andere Dimension (Pylea), Vampir-Metamorphose à la Pylea, Scheusale und Dämonen in Hülle und Fülle und ein halb menschlicher Krieger (der Groosalugg/Groo) mit ernsten Absichten
A/II/22	There's No Place Like Pirtz Glrb (3)	Home, sweet home (3)	Eine andere Dimension (Pylea), Scheusale und Dämonen in Hülle und Fülle und (fast) ein Happy End; Special Guest: Willow (→ Hexe)

Appendix IIb: „Buffy"- und „Angel"-Romanguide

Ständig wiederkehrende Protagonisten wie Buffy, die Scooby Gang sowie Angel & Co. werden nachfolgend nicht erwähnt. Das gilt auch für die zahlreichen namenlosen Wald-, Wiesen und Friedhofskreaturen.

Deutscher Buchtitel	Original-Buchtitel	Die wichtigsten Vampire, Kreaturen und Phänomene
BUFFY – IM BANN DER DÄMONEN		
B01 Die Wiederkehr des Meisters	Harvest	Der → Vampir Heinrich Joseph Nest (alias „der Meister"); der Höllenschlund (Tor zur Unterwelt)
B02 Halloween	Halloween Rain	Samhain, der Geist von Halloween (alias „der Kürbiskönig"); diverse → Vampire, → Zombies und Dämonen
B03 Der Hexer von Sunnydale	Coyote Moon	Wer-Kojoten; ein → Skinwalker bzw. → Gestaltwandler
B04 Die Nacht der Wiederkehr	Night of the Living Rerun	Der „Meister"; → Zombies, die Hexenprozesse von Salem
B05 Das Blutschwert	Blooded	Lord Chirayoju (chin. → Vampir); der jap. Gott Sanno, König der Berge; der Mondgott Tsukuyomi
B06 Willow und das Monsterbaby	Unnatural Selection	Ein → Feenwesen nimmt den Platz eines Babys ein (vgl. hierzu auch → Elb/Elf und → Wechselbalg)
B07 Verschwörung der Druiden	Return to Chaos	Eine Gruppe walisischer Druiden - vertreten durch Onkel George und seine drei Neffen; die → Vampire Naomi und Gloria sowie der Untote Bryce Abbot

169

B08 Xander - Auf Liebe und Tod	The Xander Years; Vol. 1	Die Gottesanbeterin (→ Gestaltwandler); Ampata (→ Mumie); Angelus; Xander als Opfer eines Liebeszaubers durch Amy Madison (→ Hexe)
B09 Die Diener des Bösen	Child of the Hunt	Die → Wilde Jagd; der → Erlkönig; Dunkelelfen (vgl. → Elb/Elf); Roland, ein → Homunculus; → Golem; diverse als Schausteller getarnte → Zauberer, ein → Zentaur
B10 Der Gott der Finsternis	Obsidian Fate	Der Azteken-Gott Tezcatlipoca
B11 Unheimliche Schwestern	Power of Persuasio	Zwei Musen mit Männerhass sowie ihre Mutter, die Göttin Mnemosyne
B12 Todestanz	Visitors	Ein → Korred; ein → Basilisk
B13 Die Dämonin des Todes	Immortal	Die unsterbliche → Vampirin Veronique; der Geist von Lucy Hanover, ein Dämon namens „Triumvirat"
B14 Die Willow-Akten I	The Willow Files; Vol. 1	Ein Dämon namens → „Moloch"; Oz erstmals als → Werwolf, eine Untoten-Armee (→ Zombie)
B15 Sünden der Vergangenheit	Sins of the Father	Der Steindämon Greyhewn, die Glamourdämonin Karen Blaisdell (vgl. auch → Succubus); Giles' Vampirvater; der Dämon Malthus (→ Gestaltwandler)
B16 Hüter der Finsternis I	Out of the Madhouse	Der Dämon Springheel Jack, ein riesiger → Krake, Hexenmeister Giacomo Fulcanelli alias „der Maestro" sowie der Alchemist Richard Regnier (→ Zauberer); Krötenregen, → Troll; → Wendigo; die → Wilde Jagd; → Zerberus; → Tatzelwurm; ein riesiger → Krake; untote Büffelherde; der Geist von Antoinette Regnier; Ghule; Panthermenschen; fliegende blutrünstige Koboldwesen; ein Pennangian (saugt seinen Opfern das Rückenmark aus); Torwächter Jean-Marc Regnier (→ Zauberer); Spike
B17 Mutter der Monster	Here be Monsters	Zwei Blut saugende Zwillingsbrüder und ihre „Big Mama"
B18 Stille Wasser		Ein → Selkie namens Ariel; ein → Merrow
B19 Hüter der Finsternis II	Ghost Roads	Hexenmeister Giacomo Fulcanelli alias „der Maestro" (→ Zauberer); der → fliegende Holländer; ein Vogelmensch namens Skree; → Ghule; Amy Madison (→ Hexe); Spike & Drusilla; ein Mantikor; Draco Volans; ein riesiger → Krake; Torwächter Jean-Marc Regnier (→ Zauberer); der Geist von Antoinette Regnier
B20 Hüter der Finsternis III	Sons of Entropy	Hexenmeister Giacomo Fulcanelli alias „der Maestro" (→ Zauberer); Amy Madison (→ Hexe); Spike & Drusilla; Ethan Rayne (→ Zauberer); der → Minotaurus; der → Fliegende Holländer; der Geist von Antoinette Regnier; Belphegor (→ Belfagor); ein Dämon, der sich von Liebeskummer nährt; Torwächter Jacques Regnier (→ Zauberer); das Ungeheuer von Loch Ness; Krötenregen; allerlei → Ghule und Mischwesen; der → Teufel
B21 Ravanas Rückkehr	Resurrecting Ravana	Die indische Gottheit → Ravana; Zwietracht und Chaos stiftende Rakshasas (→ Gestaltwandler)
B22 Spike & Dru - Dämonische Liebe		Spike & Drusilla; Frostdämonen; → Zwerge; der eiskalte Dämonenlord Skrymir, ein → Greif als Schoßhund

B23 Xander - Allein unter Bestien	The Xander Years; Vol. 2	Ein als Tierpfleger tätiger Schwarzmagier/Schamane (→ Zauberer) sowie von Hyänen besessene Schüler (s.a. → Kannibale); zu Fischmonstern mutierte Leistungsschwimmer; eine → Zombie-Jugendbande; die Dämonen-Schwesternschaft von Jhe; ein nebulöses Überwesen (und geistiger Führer der Wächter); Monster mit mehreren Köpfen (→ Hydra)
B24 Die Willow-Akten II	The Willow Files; Vol. 2	Geister (→ Gespenst; → Widergänger); eine → Hexe; ein „märchenhafter" Dämon; Dämonenfürst D'Hoffryn; → Doppelgänger; Vamp Willow (→ Vampir); Spinnenmonster
B25 Kriegerin aus Fernost	Revenant	Geistwächterin Shing; Dämonen des Schwarzen Windes; chin. Löwenhunde; der Wryhrym-Dämon Sharmma (→ Drache)
B26 Die verlorene Jägerin I	The Lost Slayer I	Camazotz, Gott der Fledermäuse und König der → Vampire sowie sein Gefolge, die Kakchiquels; der Geist von Lucy Hanover; Zotzilaha, getarnt als „die Seherin"
B27 Die verlorene Jägerin II	The Lost Slayer II	Camazotz, Gott der Fledermäuse und König der → Vampire sowie sein Gefolge, die Kakchiquels; der Geist von Lucy Hanover; Zotzilaha, getarnt als „die Seherin"; Spike; Drusilla
B28 Die verlorene Jägerin III	The Lost Slayer III	Camazotz, Gott der Fledermäuse und König der → Vampire sowie sein Gefolge, die Kakchiquels; Zotzilaha, getarnt als „die Seherin"; Spike
B29 Die verlorene Jägerin IV	The Lost Slayer IV	Camazotz, Gott der Fledermäuse; Giles als König der → Vampire; der Geist von Lucy Hanover; Zotzilaha
B30 Die dunkle Macht der Vier	The Book Of Fours	Der „Sammler", das Böse schlechthin, und seine Diener (→ Zauberer); → Mumien; → Zombies nebst einer Königin und einem König; Baffles-Dämonen
B31 Die Karten des Todes	Doomsday Deck	Die Göttin → Kali; → der Tod höchstpersönlich
B32 Blanke Knochen	Ghul Trouble	Diverse → Ghule; der Dämon Solitaire (als → „Daywalker" getarnt)
B33 Unheilvolle Schöpfung	Paleo	Der Drachendämon Ladonithia schlüpft in die Körper vorzeitlicher Echsen, um sich auf Erden zu manifestieren.
B34 Teuflische Ergebenheit	Prime Evil	

BUFFY & ANGEL – DIE GEHEIME GESCHICHTE

BA1 Im Reich der Schatten	Unseen. The Burning	Die geheime Geschichte I	Telekinese(→ Poltergeist); Schattenmonster; Spike & seine Gespielin Cheryce; Kostov, der Chef eines Vampirkults; Phantom-Dennis
BA2 Das Tor zu einer anderen Welt	Unseen. Door to Alternaty	Die geheime Geschichte II	Spike & Cheryce; Phantom-Dennis; ein hässliches sechsbeiniges Monster, → Ghuls; → Zombies; ein Realitätsindikator, der Menschen in eine Parallelwelt entführt

BA3 Der lange Weg zurück	Unseen. Long Way Home	Spike; ein verzauberter → Drache; eine Art → Tatzelwurm; ein „schwarzer Ritter", eine Großmutter-Hexe; Rattenwesen; orangefarbene kleine Aliens; → Kannibalen → Monster jeder Form und Farbe

ANGEL – JÄGER DER FINSTERNIS

A01 Der Todesgott	Not forgotten	Der indonesische Totengott Latura
A02 Stadt der Träume	City of	Darla; Spike & Drusilla; Angelus; ein blauer Dämon namens „der Richter"; ein Steindämon; Faith
A03 Der Blutorden	Redemption	Angelus; Darla; Darius und seine Vampirpiraten; Whitney Tyler (→ Banshee)
A04 Die Erde bebt	Shakedown	Angelus; Darla; irische Serpentiner-Dämonen; Tremblor bzw. Beben-Dämonen
A05 Der Preis der Unsterblichkeit	Close to the ground	Angelus; Mordractus (→ Zauberer); der keltische Todesgott Balor; Karinna (→ Fee)
A06 Hollywood Noir	Hollywood Noir	Mike Slade (→ Wiedergänger); der Dämon Harold Wechsler
A07 Im Netz des Grauens	Avatar	Sakorbuks genannte Käfer-Dämonen; ein Vishrak-Dämon
A08 Seelenhandel	Soul Trade	Anton Meskal (→ Zauberer); Duergars (→ Troll)
A09 Blutige Tränen	Bruja	Torkoth-Dämonen; mit Blut dealende Rocker-Vampire; ein → Elementargeist, der von einer Kindermörderin Besitz ergreift und zu La Llorona (→ Hexe) wird.
A10 Wildes Feuer	Summoned	Feuerdämon Feutoch, der Erfolg gegen Seele verspricht. (→ Mephisto)

DIE ANGEL-CHRONIKEN

AC1 Band 11	The Angel Chronicles; Vol. 1	Angelus; „der Gesalbte", „der Meister"; Darla; Machida (Schlangendämon); Spike & Drusilla
AC2 Band 2	The Angel Chronicles; Vol. 2	Schwarzmagier Ethan Rayne (→ Zauberer); Spike & Drusilla; → Janus; der Taraka-Orden
AC3 Band 3	The Angel Chronicles; Vol. 3	Spike & Drusilla; „der Richter"; Angelus

Quellen und weiterführende Literatur

Sachbücher und Nachschlagewerke

Angenendt, Arnold: *Geschichte der Religiosität im Mittelalter.* Darmstadt 1997

Aster, Christian v.: *Horror-Lexikon. Von Addams Family bis Zombieworld.* Berlin 1999

Bächtold-Stäubli, Hanns (Hg.): *Handwörterbuch des Deutschen Aberglauben.* Berlin 1927-1941

Bancroft-Hunt, N. und Forman, W.: *Totempfahl und Maskentanz. Die Indianer der pazifischen Nordwestküste.* Luzern, Herrsching 1988

Baumann, Hans D.: *Horror – Die Lust am Grauen.* Weinheim und Basel 1989

Bellinger, Gerhard J.: *Knaurs Lexikon der Mythologie.* München 1989

Beltz, Walter: *Die Mythen der Ägypter.* Düsseldorf 1982

Biedermann, Hans: *Dämonen, Geister, dunkle Götter - Lexikon der furchterregenden mythischen* Gestalten. Graz 1989

Ders.: *Handlexikon der magischen Künste von der Spätantike bis zum 19. Jahrhundert.* Graz 1986

Ders.: *Märchen von Hexen. Von der Phantasie der Märchen.* Wien, München 1987

Bin Gorion, J.: *Sagen der Juden zur Bibel.* Frankfurt/M. 1980

Ders.: *Born Judas. Altjüdische Legenden und Volkserzählungen.* Frankfurt/M. 1981

Blomberg, Hugo v.: *Der Teufel und seine Gesellen in der bildenden Kunst.* Berlin 1867

Bölsche, W.: *Drachen. Sage und Naturwissenschaft.* Stuttgart 1929

Borges, Jorge Luis: *Einhorn, Sphinx und Salamander. Das Buch der imaginären Wesen.* Frankfurt/M. 1993

Borrmann, Norbert: *Lexikon der Monster, Geister und Dämonen - Die Geschöpfe der Nacht aus Mythos, Sage, Literatur und Film. Das (etwas) andere Who is Who.* Berlin 2000

Bunson, Matthew: *Das Buch der Vampire. Von Dracula, Untoten und anderen Fürsten der Finsternis – Ein Lexikon.* Bern, München, Wien 1997

Crispino, Anna Maria u.a.: *Das Buch vom Teufel. Geschichte, Kult, Erscheinungsformen.* Bindlach 1991

Danzel, T.W.: *Symbole, Dämonen und heilige Tiere.* Hamburg 1930

Dedopulos, Tim: *Zauberer. Eine magische Zeitreise von Merlin bis Harry Potter.* Köln 2002

Der kleine Pauly. Lexikon der Antike. München 1979

Derolez, R.: *Götter und Mythen der Germanen.* Wiesbaden 1974

Diederichs, U. (Hg.): *Germanische Götterlehre (Edda).* Köln 1984

Döbler, Hannsferdinand: *Hexenwahn.* München 1977

Dreikandt, Ulrich Karl (Hg.): *Schwarze Messen. Dichtungen und Dokumente.* München 1970

Dvorak, Josef: *Satanismus. Geschchte und Gegenwart.* Frankfurt/M. 1989

Fink, Gerhard: *Who's who in der antiken Mythologie.* München 1993

Frayling, Christopher: *Alpträume. Die Ursprünge des Horrors.* Köln 1996

Gerber, P.R. und Bruggmann, M.: *Indianer der Nodwestküste.* Zürich 1987

Gerndt, H.: *Fliegender Holländer und Klabautermann.* Göttingen 1971

Golther, Wolfgang: *Handbuch der germanischen Mythologie.* Stuttgart 1985

Grimm, Jacob: *Deutsche Mythologie.* Graz 1968

Haining, Peter: *Das große Gespensterlexikon. Geister, Medien und Autoren.* Düsseldorf 1983

Hamberger, Klaus (Hg.): *Über Vampirismus. Krankengeschichten und Deutungsmuster 1801-1899.* Wien 1992

Hammes, Manfred: *Hexenwahn und Hexenprozesse.* Frankfurt/M. 1977

Haussig, H. W. (Hg.): *Wörterbuch der Mythologie, Band II: Götter und Mythen im alten Europa.* Stuttgart 1973

Hunger, Herbert: *Lexikon der griechischen und römischen Mythologie.* Reinbek 1974

Jänsch, Erwin: *Vampirlexikon. Die Autoren des Schreckens und ihre blutsaugenden Kreaturen. 200 Jahre Vampire in der Literatur.* Augsburg 1996

Kaiser, Gert (Hg.): *Der Tanzende Tod. Mittelalterliche Totentänze.* Frankfurt/M. 1982

King, Francis X: *Hexen und Dämonen.* Hamburg 1988

King, Stephen: *Danse Macabre. Die Welt des Horrors in Literatur und Film.* München 1988

Kleinpaul, Rudolf: *Die Lebendigen und die Toten in Volksglauben, Religion und Sage.* Leipzig 1898
König, Ditte: *Die Welt der Feen - Mythen, Märchen und Legenden.* Stuttgart 1996
Lessing, Theodor: *Haarmann. Die Geschichte eines Werwolfs.* München 1995
Lovecraft, Howard Philips: *Unheimlicher Horror. Das übernatürliche Grauen in der Literatur.* Frankfurt/M.
Lurker, M.: *Lexikon der Götter und Dämonen. Namen, Funktionen, Symbole, Attribute.* Stuttgart 1984
Mair, L.: *Magie im schwarzen Erdteil.* München 1969
Martin, Ralf-Peter: *Dracula. Das Leben des Fürsten Vlad Tepes.* Frankfurt/M. 1991
Meisen, K.: *Die Sagen vom wütenden Heere und vom wilden Jäger.* Münster 1935
Miers, Horst E.: *Lexikon des Geheimwissens.* München 1993
Mode, Heinz: *Fabeltiere und Dämonen. Die fantastische Welt der Mischwesen.* Leipzig 1977
Müller-Kaspar, Ulrike (Hg.): *Handbuch des Aberglaubens.* Wien 1996
Nola, Alfonso di: *Der Teufel. Wesen, Wirkung, Geschichte.* München 1990
Petzold, Leander: *Kleines Lexikon der Dämonen und Elementargeister.* München 1995
Ders.: *Dämonenfurcht und Gottvertrauen. Zur Geschichte und Erforschung unserer Sagen.* Darmstadt 1989
Randow, Gero von: *Roboter. Unsere nächsten Verwandten.* Reinbek 1997
Ranfft, Michael: *Über das Kauen und Schmatzen der Todten in Gräbern.* Leipzig 1734
Ranke-Graves, Robert v.: *Griechische Mythologie. Quellen und Deutung.* Reinbek 1965
Rosenberg, Alfons: *Engel und Dämonen. Gestaltwandel eines Urbildes.* München 1986
Sanders, T.T.L. und Pau, J.: *Geister und Drachen der Chinesen.* Hamburg 1981
Schäfer, Joachim: *Ökumenisches Heiligenlexikon.* http://www.heiligenlexikon.de
Schneidewind, Friedhelm: *Das kleine Vampir-ABC.* Saarbrücken 1997-2001
Ders.: *Das Lexikon rund um das Blut.* Berlin 1999
Ders.: *Das Lexikon von Himmel und Hölle.* Berlin 2000
Seabrook, W.B.: *Geheimnisvolles Haiti. Rätsel und Symbolik des Wodu-Kultes.* München 1982
Simek, Rudolf: *Erde und Kosmos im Mittelalter. Das Weltbild vor Kolumbus.* Augsburg 2000
Ders.: *Lexikon der altnordischen Literatur.* Stuttgart 1987
Ders.: *Lexikon der germanischen Mythologie.* Stuttgart 1984
Smyth, Frank: *Geister und Poltergeister.* Frankfurt/M., Berlin, Wien 1978
Schöpf, Hans: *Fabeltiere.* Graz 1988
Schumacher, G.-H.: *Monster und Dämonen. Unfälle der Natur.* Berlin 1993
Sprenger, Jakob/Institoris, Heinrich: *Der Hexenhammer (Malleus maleficarum).* München 1982
Sturm, Dieter; Völker, Klaus (Hg.): *Von denen Vampiren oder Menschensaugern. Dichtungen und Dokumente.* München 1968
Summers, Montague: *The Vampire in Europe.* London 1929
Ders.: *The Vampire, His Kith And Kin.* London 1928
Time-Life Books: *Die geheimnisvolle Welt der Mythen und Sagen: Drachen.* Augsburg 1995
Tripp, E.: *Reclams Lexikon der antiken Mythologie.* Stuttgart 1975
Völker, Klaus (Hg.): *Werwölfe und andere Tiermenschen. Dichtungen und Dokumente.* München 1972
Ders. (Hg.): *Künstliche Menschen. Dichtungen und Dokumente über Golems, Homunculi, lebende Statuen und Androiden.* München, 1971
Vollmer/Binder, W.: *Vollmer - Wörterbuch der Mythologie aller Völker* (Reprint). Stuttgart, Leipzig, 1874
Zondergeld, Rein A.: *Lexikon der phantastischen Literatur.* Frankfurt/M. 1983

Anthologien und erzählende Literatur

Blackwood, Algernon: *Das leere Haus. Fantastische Geschichten.* Frankfurt/M. 1977
Die Bibel oder Die ganze Heilige Schrift. Nach der deutschen Übersetzung Martin Luthers. Stuttgart 1971
Die Edda. Götter- und Heldenlieder der Germanen. Zürich 1992
Doyle, Arthur Conan: *Der Hund von Baskerville.* In: ders.: *Sherlock Holmes-Geschichten.* München 1994
Eich, Günter und Karst, Karl: *Die schönsten Märchen aus 1001 Nacht.* Frankfurt/M. 1995

Ewers, Hanns Heinz: *Alraune. Die Geschichte eines lebenden Wesens.* München 1911

Goethe, Johann Wolfgang v.: *Faust I/II, Urfaust.* Berlin, Weimar 1990

Grimm, Jacob und Wilhelm: *Grimms Märchen.* Utting 2000

Hauff, Wilhelm: *Sämtliche Märchen.* München 1986

Hawthorne, Nathaniel: *Der Garten des Bösen und andere Erzählungen.* Frankfurt/M. 1977

Hoffmann, E.T.A.: *Die Elixiere des Teufels.* München 1993

Ders.: *Fantasie- und Nachtstücke.* München 1993

Homer: *Odyssee.* Frankfurt/M. 1990

Ders.: *Ilias.* Frankfurt/M. 1990

Kafka, Franz: *Die Verwandlung.* München 1960

Kluse, Peter: *Märchen aus 1001 Nacht.* Würzburg, 1999

Kubin, Alfred: *Die Jagd auf den Vampir.* In: ders.: *Aus meiner Werkstatt.* München 1973

Ders.: *Die andere Seite.* (Reprint) München 1909

Lem, Stanislaw: *Also sprach Golem.* Frankfurt/M. 1984

Leroux, Gaston: *Das Phantom der Oper.* Frankfurt/M. 1969

Lovecraft, H.P.: *Cthulhu – Geistergeschichten.* Frankfurt/M. 1972

Ders: *Das Ding auf der Schwelle. Unheimliche Geschichten.* Frankfurt/M. 1978

Ders.: *Der Fall Charles Dexter Ward. Zwei Horrorgeschichten.* Frankfurt/M. 1977

Mann, Thomas: *Doktor Faustus.* Frankfurt/M. 1975

Meyrink, Gustav: *Der Golem.* München 1915

Ders.: (Hg.: Eduard Frank) *Fledermäuse. Erzählungen, Fragmente, Aufsätze.* München, Wien 1981

Nye, Robert: *Beowulf – A New Telling.* Laurel Leaf Library,1982

Perutz, Leo: *Der Meister des Jüngsten Tages.* Wien 1989

Poe, Edgar Allan: *Erzählungen.* München 1966

Projekt Gutenberg (Deutschland). http://www.gutenberg.aol.de

Rice, Anne: *Interview mit einem Vampir.* Frankfurt/M., Berlin 1989

Schwab, Gustav: *Sagen des klassischen Altertums.* Frankfurt/M. 1932

Spunda, Franz: *Baphomet. Ein alchemistischer Roman.* Bergisch Gladbach 1983

Stevenson, Robert Louis: *Der seltsame Fall des Dr. Jekyll und Mr. Hyde.* München 1996

Stoker, Bram: *Dracula. Ein Vampirroman.* München 1967

Tolkien, J.R.R.: *Der Herr der Ringe.* Stuttgart 1980

Walpole, Horace: *Die Burg von Otranto.* München 1965

Wells, H.G.: *Die Zeitmaschine.* Wien 1993

Ders.: *Die Insel des Dr. Moreau.* Wien 1993

Ders.: *Der Krieg der Welten.* München 1960

Wilde, Oscar: *Das Bildnis des Dorian Gray.* München 1970

Wollstonecraft Shelley, Mary: *Frankenstein oder Der neue Prometheus.* München 1970

„Buffy"-Episodenführer

Golden, Christopher u. Holder, Nancy: *Buffy. Im Bann der Dämonen. Der offizielle Serienguide, Bd.1.* Stuttgart 2001

Holder, Nancy: *Buffy. Im Bann der Dämonen. Der offizielle Serienguide, Bd.2.* Stuttgart 2001

Lukas, Christian und Westphal, Sascha: *Buffy – Im Bann der Dämonen. Das inoffizielle Fanbuch über die neue Kultserie und ihre Hintergründe.* München 1999

Ders.: *Buffy – Die neuen Abenteuer. Das inoffizielle Fanbuch über die 3. Staffel der Kultserie und ihre Hintergründe.* München 1999

Ders.: *Buffy – Die Jagd geht weiter. Das inoffizielle Fanbuch über die 4. Staffel der Kultserie und ihre Hintergründe.* München 2001

Ders.: *Buffy – Die Jägerin schlägt zurück. Das inoffizielle Fanbuch über die 5. Staffel der Kultserie und ihre Hintergründe.* München 2002

W.i.t.c.h

Will Irma Taranee Cornelia Hay Lin

Magisch! Mystisch!
Mädchenstark!

Das erste Mädchen-Magazin voller Magie und Zauber.

Mit spannendem **Comic**, interessanten **Tests**, großen **Gewinnspielen**, tollen **Styling-Tipps** und magischen **Extras** ...

... für dich und deine Freundinnen.

www.witchmagazin.de

Jeden Monat neu
bei deinem Zeitschriftenhändler!

© Disney